新潮文

新編 宮沢賢治詩集

天沢退二郎編

新潮社版

4612

目次

『心象スケッチ　春と修羅』より

序……………………………………………………一九
屈折率……………………………………（一九二二、一、六）……二四
くらかけの雪…………………………（一九二二、一、六）……二五
恋と病熱…………………………………（一九二二、三、二〇）……二六
春と修羅…………………………………≪一九二二、四、八≫……二六
春光呪詛…………………………………（一九二二、四、一〇）……三〇
谷…………………………………………（一九二二、四、二〇）……三一
真空溶媒…………………………………≪一九二二、五、一八≫……三三
蠕虫舞手《アンネリダタンツエーリン》……………………………（一九二二、五、二〇）……四九
小岩井農場………………………………（一九二二、五、二一）……五三
（パート一）…………………………………………………五三
（パート二）…………………………………………………六一
（パート九）…………………………………………………六四

報告……………………………………………………（一九二二、六、一五）……七〇
岩手山…………………………………………………（一九二二、六、二七）……七一
高原……………………………………………………（一九二二、六、二七）……七一
原体剣舞連《はらたいけんばひれん》…………………………………………（（一九二二、八、三一））……七三
東岩手火山……………………………………………（一九二二、九、一八）……七六
永訣の朝**……………………………………………（（一九二二、一一、二七））……九一
松の針…………………………………………………（（一九二二、一一、二七））……九五
無声慟哭………………………………………………（（一九二二、一一、二七））……九七
白い鳥…………………………………………………（一九二三、六、四）……一〇一
青森挽歌………………………………………………（一九二三、八、一）……一〇五
風景とオルゴール……………………………………（一九二三、九、一六）……一一三
一本木野………………………………………………（一九二三、一〇、二八）……一一六
冬と銀河ステーション………………………………（一九二三、一二、一〇）……一一九

「春と修羅　第二集」より

三〇四〔落葉松の方陣は〕……一九二四、九、一七……一八八
三一三　産業組合青年会……一九二四、一〇、五……一九一
三一四〔夜の湿気と風がさびしくいりまじり〕……一九二四、一〇、五……一九三
三一九〔野馬がかってにこさへたみちと〕……一九二四、一〇、二六……一九四
三三〇〔うとうとするとひやりとくる〕……一九二四、一〇、二六……一九六
三三八　異途への出発……一九二五、一、五……二〇〇
三四三　暁穹への嫉妬……一九二五、一、六……二〇二
三五六　旅程幻想……一九二五、一、八……二〇四
四〇一　氷質の冗談……一九二五、一、一八……二〇五
四一一　未来圏からの影……一九二五、二、一五……二〇八
五〇八　発電所……一九二五、四、二……二〇九
三三三　遠足統率……一九二五、五、七……二一〇
三三七　国立公園候補地に関する意見……一九二五、五、一一……二一四
三六九　岩手軽便鉄道　七月（ジャズ）……一九二五、七、一九……二一八
三七二　渓にて……一九二五、八、一〇……二二三

「春と修羅 第三集」より

一〇五三〔おい　けとばすな〕……一九二七、五、三……二五三
一〇七五　囈語……一九二七、六、一三……二五四
一〇八二〔あすこの田はねえ〕……一九二七、七、一〇……二五五
一〇二〇　野の師父……二五九
一〇二一　和風は河谷いっぱいに吹く……一九二七、八、二〇……二六四
一〇八八〔もうはたらくな〕……一九二七、八、二〇……二六七

詩ノート　より

七四四　病院……一九二六、一二、四……二七三
一〇〇四〔今日は一日あかるくにぎやかな雪降りです〕……一九二七、三、四……二七四
一〇二四　ローマンス……一九二七、四、二……二七五
一〇五三　政治家……一九二七、五、三……二七六
一〇五四〔何と云はれても〕……一九二七、五、三……二七七
一〇五六〔サキノハカといふ黒い花といっしょに〕……二七八
一〇七一〔わたくしどもは〕……一九二七、六、一……二七九
生徒諸君に寄せる＊＊……二八一

詩稿補遺　より

「疾中」より

「文語詩稿」より

注解・解説　天沢退二郎

新編 宮沢賢治詩集

凡例

一、本文は筑摩書房版『新修 宮沢賢治全集』本文を底本とする。例外的に底本と異る本文を採用したばあいは、題名に＊＊印を付し、解説で根拠を記してある。作品番号・日付は次項。

一、『春と修羅』諸篇の日付は初版本と同じく目次の各題名下に（）または《》に括《くく》って示す。同第二集・第三集諸詩篇の作品番号は底本と同じく題名上方に示すが、日付は本文には出さず、やはり目次において示す。

一、詩篇第一行を〔〕で括ったものを題名に代用しているのは、その作品の本文依拠稿が無題であることによる。

一、文語詩における行間は、版面のバランス上新修全集より狭くした場合がある。

一、ルビは、底本で付されているものに加え、現代の若い読者を考慮して相当数補ったが、読みが二通り以上考えられる等、確定できないため、難読文字でもあえて付さなかった場合がある。

『心象スケッチ　春と修《しゅ》羅《ら》』より

序

わたくしといふ現象は
仮定された有機交流電燈の
ひとつの青い照明です
(あらゆる透明な幽霊《いうれい》の複合体)
風景やみんなといつしよに
せはしくせはしく明滅《めいめつ》しながら
いかにもたしかにともりつづける
因果交流電燈の
ひとつの青い照明です

（ひかりはたもち　その電燈は失はれ）
これらは二十二箇月《かげつ》の
過去とかんずる方角から
紙と鉱質インクをつらね
（すべてわたくしと明滅し
　みんなが同時に感ずるもの）
ここまでたもちつゞけられた
かげとひかりのひとくさりづつ
そのとほりの心象スケッチです

これらについて人や銀河や修羅《しゆら》＊や海胆《うに》は
宇宙塵《ちん》をたべ　または空気や塩水を呼吸しながら
それぞれ新鮮な本体論もかんがへませうが
それらも畢竟《ひつきやう》こゝろのひとつの風物です

たゞたしかに記録されたこれらのけしきは
記録されたそのとほりのこのけしきで
それが虚無ならば虚無自身がこのとほりで
ある程度まではみんなに共通いたします
（すべてがわたくしの中のみんなであるやうに
　みんなのおのおののなかのすべてですから）

けれどもこれら新生代沖積世《ちゆうせきせい》*の
巨大に明るい時間の集積のなかで
正しくうつされた筈《はず》のこれらのことばが
わづかその一点にも均《ひと》しい明暗のうちに
（あるいは修羅の十億年）
すでにはやくもその組立や質を変じ
しかもわたくしも印刷者も
それを変らないとして感ずることは

傾向としてはあり得ます
けだしわれわれがわれわれの感官や
風景や人物をかんずるやうに
そしてたゞ共通に感ずるだけであるやうに
記録や歴史　あるいは地史といふものも
それのいろいろの論料《データ》といつしよに
（因果の時空的制約のもとに）
われわれがかんじてゐるのに過ぎません
おそらくこれから二千年もたつたころは
それ相当のちがつた地質学が流用され
相当した証拠《しようこ》もまた次次過去から現出し
みんなは二千年ぐらゐ前には
青ぞらいつぱいの無色な孔雀《くじやく》が居たとおもひ
新進の大学士たちは気圏のいちばんの上層
きらびやかな氷窒素《ひようちつそ》のあたりから

すてきな化石を発掘*したり
あるいは白堊紀《はくあき》砂岩の層面に
透明な人類の巨大な足跡を
発見するかもしれません

すべてこれらの命題は
心象や時間それ自身の性質として
第四次延長のなかで主張されます

大正十三年一月廿日

宮沢賢治

屈《くつ》折《せつ》率《りつ》

七つ森*のこつちのひとつが
水の中よりもつと明るく
そしてたいへん巨《おほ》きいのに
わたくしはでこぼこ凍《こほ》つたみちをふみ
このでこぼこの雪をふみ
向ふの縮れた亜鉛《あえん》の雲へ
陰気な郵便脚夫《きやくふ》*のやうに
　（またアラツデイン　洋燈《ラムプ》とり）
急がなければならないのか

くらかけの雪

たよりになるのは*
くらかけつづきの雪ばかり
野はらもはやしも
ぽしやぽしやしたり黝《くす》んだりして
すこしもあてにならないので
ほんたうにそんな酵母《かうぼ》のふうの
朧《おぼ》ろなふぶきですけれども
ほのかなのぞみを送るのは
くらかけ山*の雪ばかり
(ひとつの古風《こふう》な信仰《しんかう》です)

恋《こひ》と病熱*

けふはぼくのたましひは疾《や》み
烏《からす》さへ正視ができない
あいつはちやうどいまごろから
つめたい青銅《ブロンヅ》の病室で
透明薔薇《ばら》の火*に燃される
ほんたうに　けれども妹よ
けふはぼくもあんまりひどいから
やなぎの花もとらない

春と修羅
(mental sketch modified)*

心象のはひいろはがねから
あけびのつるはくもにからまり*
のばらのやぶや腐植《ふしよく》の湿地*
いちめんのいちめんの諂曲《てんごく》模様*
(正午の管楽《くわんがく》よりもしげく
琥珀《こはく》のかけらがそそぐとき)*
いかりのにがさまた青さ*
四月の気層のひかりの底を
唾《つばき》し　はぎしりゆききする
おれはひとりの修羅なのだ
(風景はなみだにゆすれ)
砕《くだ》ける雲の眼路《めぢ》をかぎり
　れいろうの天の海には
聖玻璃《せいはり》の風が行き交《か》ひ

ZYPRESSEN* 春のいちれつ
　くろぐろと光素《エーテル》を吸ひ
　その暗い脚並《あしなみ》からは
　天山の雪の稜《かど》さへひかるのに
　（かげろふの波と白い偏光《へんくわう》）
　まことのことばはうしなはれ
　　雲はちぎれてそらをとぶ
　ああかがやきの四月の底を
　はぎしり燃えてゆききする
おれはひとりの修羅なのだ
（玉髄《ぎよくずい》の雲がながれて
　どこで啼《な》くその春の鳥）
日輪青くかげろへば
　修羅は樹林に交響し
　陥《おち》りくらむ天の椀《わん》から

黒い木の群落が延び
　その枝はかなしくしげり
すべて二重の風景を
喪神《さうしん》の森の梢《こずゑ》から
ひらめいてとびたつからす
（気層いよいよすみわたり
　ひのきもしんと天に立つころ）
草地の黄金《きん》をすぎてくるもの
ことなくひとのかたちのもの
けらをまとひおれを見るその農夫
ほんたうにおれが見えるのか
まばゆい気圏の海のそこに
（かなしみは青々ふかく）
ZYPRESSEN　しづかにゆすれ
鳥はまた青ぞらを截《き》る

（まことのことばはここになく
　修羅のなみだはつちにふる）

あたらしくそらに息つけば
ほの白く肺はちぢまり
（このからだそらのみぢんにちらばれ）
いてふのこずゑまたひかり
ZYPRESSEN　いよいよ黒く
雲の火ばなは降りそそぐ

春光呪詛《じゅそ》

いつたいそいつはなんのざまだ
どういふことかわかつてゐるか

髪《かみ》がくろくてながく
しんとくちをつぐむ
ただそれつきりのことだ
　春は草穂《くさぼ》に呆《ぼう》け
　うつくしさは消えるぞ
　（ここは蒼《あを》ぐろくてがらんとしたもんだ）
頬《ほほ》がうすあかく瞳《ひとみ》の茶いろ
ただそれつきりのことだ
　（おおこのにがさ青さつめたさ）

　谷

ひかりの澱《おり》
三角ばたけのうしろ

かれ草層の上で
わたくしの見ましたのは
顔いつぱいに赤い点うち*
硝子《ガラス》様鋼青《やうかうじやう》のことばをつかつて
しきりに歪み合ひながら
何か相談をやつてゐた
三人の妖女《えうぢよ》たちです

真空溶《よう》媒《ばい》

(Eine Phantasie im Morgen)*

融銅《ゆうどう》*はまだ眩《くら》めかず
白いハロウも燃えたたず
地平線ばかり明るくなつたり陰《かげ》つたり

はんぶん溶《と》けたり澱《よど》んだり
しきりにさつきからゆれてゐる
おれは新らしくてパリパリの
銀杏《いてふ》なみきをくぐつてゆく
その一本の水平なえだに
りつぱな硝子《ガラス》のわかものが
もうたいてい三角にかはつて
そらをすきとほしてぶらさがつてゐる
けれどもこれはもちろん
そんなにふしぎなことでもない
おれはやつぱり口笛をふいて
大またにあるいてゆくだけだ
いてふの葉ならみんな青い
冴《さ》えかへつてふるへてゐる
いまやそこらは alcohol 瓶《びん》のなかのけしき

白い輝雲《きうん》のあちこちが切れて
あの永久の海蒼《かいさう》がのぞきでてゐる
それから新鮮なそらの海鼠《なまこ》の匂《にほひ》
ところがおれはあんまりステツキをふりすぎた
こんなにはかに木がなくなつて
眩《まば》ゆい芝生《しばふ》がいつぱいいつぱいにひらけるのは
さうとも　銀杏並樹《いてふなみき》なら
もう二哩《マイル》もうしろになり
野の緑青《ろくしやう》の縞《しま》のなかで
あさの練兵をやつてゐる
うらうら湧《わ》きあがる昧爽《まいさう》のよろこび
氷ひばりも啼《な》いてゐる
そのすきとほつたきれいななみは
そらのぜんたいにさへ
かなりの影《えい》きやうをあたへるのだ

すなはち雲がだんだんあをい虚空《こくう》に融《と》けて
たうとういまは
ころころまるめられたパラフヰンの団子《だんご》になつて
ぽつかりぽつかりしづかにうかぶ
地平線はしきりにゆすれ
むかふを鼻のあかい灰いろの紳士《しんし》が
うまぐらゐあるまつ白な犬をつれて
あるいてゐることはじつに明らかだ
（やあ　こんにちは）
（いや　い、おてんきですな）
（どちらへ　ごさんぽですか
なるほど　ふんふん　ときにさくじつ
ゾンネンタール*が没《な》くなつたさうですが
おききでしたか）
（い、え　ちつとも

ゾンネンタールと　はてな)
(りんごが中《あた》つたのださうです)
(りんご　ああ　なるほど
それはあすこにみえるりんごでせう)
はるかに湛《たた》へる花紺青《はなこんじやう》の地面から
その金いろの苹果《りんご》の樹《き》が
もくりもくりと延びだしてゐる
(金皮のまゝたべたのです)
(そいつはおきのどくでした
はやく王水をのませたらよかつたでせう)
(王水　口をわつてですか
ふんふん　なるほど)
(いや王水はいけません
やつぱりいけません
死ぬよりしかたなかつたでせう

うんめいですな
　せつりですな
あなたとはご親類ででもいらつしやいますか)
(えゝえ、　もうごくごく遠いしんるいで)
いつたいなにをふざけてゐるのだ
みろ　その馬ぐらゐあつた白犬が
はるかのはるかのむかふへ遁《に》げてしまつて
いまではやつと南京鼠《なんきんねずみ》のくらゐにしか見えない
(あ　わたくしの犬がにげました)
(追ひかけてもだめでせう)
(いや　あれは高価《たか》いのです*
おさへなくてはなりません
　さよなら)
苹果《りんご》の樹がむやみにふえた
おまけにのびた

おれなどは石炭紀の鱗木《りんぼく》のしたの
ただいつぴきの蟻《あり》でしかない
犬も紳士もよくはしつたもんだ
東のそらが苹果林《りんごばやし》のあしなみに
いつぱい琥珀《こはく》をはつてゐる
そこからかすかな苦扁桃《くへんたう》*の匂《にほひ》がくる
すつかり荒《す》さんだひるまになつた
どうだこの天頂《てんちやう》の遠いこと
このものすごいそらのふち
愉快《ゆくわい》な雲雀《ひばり》もとうに吸ひこまれてしまつた
かあいさうにその無窮遠《むきゆうゑん》の
つめたい板の間《ま》にへたばつて
瘠《や》せた肩《かた》をぷるぷるしてるにちがひない
もう冗談ではなくなつた
画《ゑ》かきどものすさまじい幽霊《いうれい》が

すばやくそこらをはせぬけるし
雲はみんなリチウムの紅《あか》い焔《ほのほ》をあげる
それからけはしいひかりのゆきき
くさはみな褐藻《かつさう》類にかはられた
こここそわびしい雲の焼け野原
風のヂグザグや黄いろの渦《うづ》
そらがせはしくひるがへる
なんといふとげとげしたさびしさだ
（どうなさいました　牧師さん）
あんまりせいが高すぎるよ
（ご病気ですか
たいへんお顔いろがわるいやうです）
（いやありがたう
べつだんどうもありません
あなたはどなたですか）

（わたくしは保安掛《がか》りです）
いやに四かくな背嚢《はいなう》だ
そのなかに苦味丁幾《くみちんき》*や硼酸《はうさん》や
いろいろはひつてゐるんだな
（さうですか
　今日なんかおつとめも大へんでせう）
（ありがたう
　いま途中で行き倒《だふ》れがありましてな）
（どんなひとですか）
（りつぱな紳士です）
（はなのあかいひとでせう）
（さうです）
（犬はつかまつてゐましたか）
（臨終《りんじゆう》にさういつてゐましたがね
　犬はもう十五哩もむかふでせう

じつにい、犬でした)
(ではあのひとはもう死にましたか)
(い、え露《つゆ》がおりればなほります
まあちよつと黄いろな時間だけの仮死《かし》ですな
ううひどい風だ　まゐつちまふ)
まつたくひどいかぜだ
たふれてしまひさうだ
沙漠《さばく》でくされた駝鳥《だてう》の卵
たしかに硫化《りうくわ》水素ははひつてゐるし
ほかに無水亜硫酸
つまりこれはそらからの瓦斯《ガス》の気流に二つある
しようとつして渦になつて硫黄華《いわうくわ》ができる
　　気流に二つあつて硫黄華ができる
　　　　気流に二つあつて硫黄華ができる
(しつかりなさい　しつかり

もしもし　しつかりなさい
たうとう参つてしまつたな
たしかにまゐつた
そんならひとつお時計をちやうだいしますかな）
おれのかくしに手を入れるのは
なにがいつたい保安掛りだ
必要がない　どなつてやらうか
　　　　どなつてやらうか
　　　　　　どなつてやらうか
　　　　　　　　どなつ……
水が落ちてゐる
ありがたい有難《ありがた》い神はほめられよ　雨だ
悪い瓦斯はみんな溶《と》けろ
（しつかりなさい　しつかり
もう大丈夫《だいぢやうぶ》です）

何が大丈夫だ　おれははね起きる
（だまれ　きさま
黄いろな時間の追剝《おひはぎ》め
飄然《へうぜん》たるテナルデイ軍曹《ぐんさう》*だ
きさま
あんまりひとをばかにするな
保安掛りとはなんだ　きさま）
いゝ気味だ　ひどくしよげてしまつた
ちゞまつてしまつたちひさくなつてしまつた
ひからびてしまつた
四角な背嚢ばかりのこり
たゞ一かけの泥炭《でいたん》になつた
ざまを見ろじつに醜《みにく》い泥炭なのだぞ
背嚢なんかなにを入れてあるのだ
保安掛り　じつにかあいさうです

カムチヤツカの蟹《かに》の缶詰《くわんづめ》と
陸稲《をかぼ》の種子《たね》がひとふくろ
ぬれた大きな靴《くつ》が片つ方
それと赤鼻紳士の金鎖《きんぐさり》
どうでもいゝ　実にいゝ空気だ
ほんたうに液体のやうな空気だ
（ウーイ　神はほめられよ
　みちからのたたふべきかな
　ウーイ　いゝ空気だ）
そらの澄明《ちようめい》　すべてのごみはみな洗はれて
ひかりはすこしもとまらない
だからあんなにまつくらだ
太陽がくらくらまはつてゐるにもかゝはらず
おれは数しれぬほしのまたたきを見る
ことにもしろいマヂエラン星雲*

草はみな葉緑素を恢復《くわいふく》し
葡萄糖《ぶだうたう》を含《ふく》む月光液《げつくわうえき》は
もうよろこびの脈さへうつ
泥炭がなにかぶつぶつ言つてゐる
(もしもし　牧師さん
あの馳《は》せ出した雲をごらんなさい
まるで天の競馬のサラアブレッドです)
(うん　きれいだな
　雲だ　競馬だ
　天のサラアブレッドだ　雲だ)
あらゆる変幻《へんげん》の色彩《しきさい》を示し
……もうおそい　ほめるひまなどない
虹彩《こうさい》はあはく変化はゆるやか
いまは一むらの軽い湯気《ゆげ》になり
零下《れいか》二千度の真空溶媒《しんくうようばい》のなかに

すつとられて消えてしまふ
それどこでない　おれのステッキは
いつたいどこへ行つたのだ
上着もいつかなくなつてゐる
チヨッキはたつたいま消えて行つた
恐るべくかなしむべき真空溶媒は
こんどはおれに働きだした
まるで熊《くま》の胃袋《ゐぶくろ》のなかだ
それでもどうせ質量不変の定律だから
べつにどうにもなつてゐない
といつたところでおれといふ
この明らかな牧師の意識から
ぐんぐんものが消えて行くとは情ない
（いやあ　奇遇《きぐう》ですな）
（おお　赤鼻紳士

たうとう犬がおつかまりでしたな)
(ありがたう　しかるに
あなたは一体どうなすつたのです)
(上着をなくして大へん寒いのです)
(なるほど　はてな
あなたの上着はそれでせう)
(どれですか)
(あなたが着ておいでになるその上着)
(なるほど　はははあ
真空のちよつとした奇術《ツリツク》ですな)
(え丶　さうですとも
ところがどうもをかしい
それはわたしの金鎖ですがね)
(え丶どうせその泥炭の保安掛りの作用です)
(ははあ　泥炭のちよつとした奇術《ツリツク》ですな)

（さうですとも
犬があんまりくしやみをしますが大丈夫ですか）
（なあにいつものことです）
（大きなもんですな）
（これは北極犬です）
（馬の代りには使へないんですか）
（使へますとも　どうです
お召《め》しなさいませんか）
（どうもありがたう
そんなら拝借しますかな）
（さあどうぞ）
おれはたしかに
その北極犬のせなかにまたがり
犬神のやうに東へ歩き出す
まばゆい緑のしばくさだ

おれたちの影は青い沙漠旅行《りよかう》
そしてそこはさつきの銀杏《いてふ》の並樹
こんな華奢《きやしや》な水平な枝に
硝子のりつぱなわかものが
すつかり三角になつてぶらさがる

蠕虫《アンネリダ》舞手《タンツエーリン》＊

（え、水ゾルですよ
おぼろな寒天《アガア》の液ですよ）
日は黄金《きん》の薔薇《ばら》
赤いちひさな蠕虫《ぜんちゆう》が
水とひかりをからだにまとひ
ひとりでをどりをやつてゐる

(え、8《エイト》γ《ガムマア》e《イー》6《スイックス》α《アルファ》
ことにもアラベスクの飾《かざ》り文字)
羽むしの死骸《しがい》
いちゐのかれ葉
真珠《しんじゆ》の泡に
ちぎれたこけの花軸《くわぢく》など
(ナチラナトラのひいさまは
いまみづ底のみかげのうへに
黄いろなかげとおふたりで
せつかくをどつてゐられます
いゝえ　けれども　すぐでせう
まもなく浮いておいでででせう)
赤い　蠕虫《アンネリダ》舞手《タンツエーリン》は
とがつた二つの耳をもち
燐光珊瑚《りんくわうさんご》の環節《くわんせつ》に

正しく飾る真珠のぼたん
　くるりくるりと廻《まは》つてゐます
　（え、　8《エイト》　γ《ガムマア》　e《イー》　6《スイックス》　α《アルフア》
　　ことにもアラベスクの飾り文字）
背中きらきら燦《かがや》いて
ちからいつぱいまはりはするが
真珠もじつはまがひもの
ガラスどころか空気だま
　（いゝえ　それでも
　　エイト　ガムマア　イー　スイックス　アルフア
　　ことにもアラベスクの飾り文字）
水晶体《すいしやうたい》や鞏膜《きようまく》の
オペラグラスにのぞかれて
をどつてゐるといはれても
真珠の泡を苦にするのなら

おまへもさつぱりらくぢやない
　それに日が雲に入つたし
　わたしは石に座《すわ》つてしびれが切れたし
　水底の黒い木片は毛虫か海鼠《なまこ》のやうだしさ
　それに第一おまへのかたちは見えないし
　ほんとに溶けてしまつたのやら
それともみんなはじめから
おぼろに青い夢だやら
（いゝえ　あすこにおいでです　おいでです
ひいさま　いらつしやいます
8《エイト》 γ《ガムマア》 e《イー》 6《スイックス》 α《アルフア》
ことにもアラベスクの飾り文字）
ふん　水はおぼろで
ひかりは惑《まど》ひ
虫は　エイト　ガムマア　イー　スイックス　アルフア

ことにもアラベスクの飾り文字かい
ハツハツハ
(はい　まつたくそれにちがひません
エイト　ガムマア　イー　スイックス　アルファ
ことにもアラベスクの飾り文字)

小岩井農場*

パート一

わたくしはずいぶんすばやく汽車からおりた
そのために雲がぎらつとひかつたくらゐだ
けれどももつとはやいひとはある

化学の並川さん*によく肖《に》たひとだ
あのオリーブのせびろなどは
そつくりおとなしい農学士だ
さつき盛岡のていしやばでも
たしかにわたくしはさうおもつてゐた
このひとが砂糖水のなかの
つめたくあかるい待合室から
ひとあしでるとき……わたくしもでる
馬車がいちだいたつてゐる
馭者《ぎよしや》がひとことなにかいふ
黒塗りのすてきな馬車だ
光沢《つや》消《け》しだ
馬も上等のハックニー*
このひとはかすかにうなづき
それからじぶんといふ小さな荷物を

載《の》つけるといふ気軽《きがる》なふうで
馬車にのぼつてこしかける
（わづかの光の交錯《かうさく》だ）
その陽《ひ》のあたつたせなかが
すこし屈《かが》んでしんとしてゐる
わたくしはあるいて馬と並ぶ
これはあるいは客馬車だ
どうも農場のらしくない
わたくしにも乗れといへばいい
馭者がよこから呼べばいい
乗らなくたつていゝのだが
これから五里もあるくのだし
くらかけ山の下あたりで
ゆつくり時間もほしいのだ
あすこなら空気もひどく明瞭《めいれう》で

樹《き》でも艸《くさ》でもみんな幻燈《げんとう》だ
もちろんおきなぐさも咲いてゐるし
野はらは黒ぶだう酒《しゆ》のコップもならべて
わたくしを款待《くわんたい》するだらう
そこでゆつくりとどまるために
本部までても乗つた方がいい
今日ならわたくしだつて
馬車に乗れないわけではない
(あいまいな思惟《しゐ》の蛍光《けいくわう》
　きつといつでもかうなのだ)
もう馬車がうごいてゐる
(これがじつにいゝことだ
　どうしようか考へてゐるひまに
　それが過ぎて滅《な》くなるといふこと)
ひらつとわたくしを通り越《こ》す

みちはまつ黒の腐植土《ふしよくど》で
雨《あま》あがりだし弾力もある
馬はピンと耳を立て
その端《はじ》は向ふの青い光に尖《とが》り
いかにもきさくに馳《か》けて行く
うしろからはもうたれも来ないのか
つつましく肩《かた》をすぼめた停車場《ば》と
新開地風の飲食店《＊いんしよくてん》
ガラス障子はありふれてでこぼこ
わらぢや sun-maid* のから凾《ばこ》や
夏みかんのあかるいにほひ
汽車からおりたひとたちは
さつきたくさんあつたのだが
みんな丘《をか》かげの茶褐部落や
繫《つなぎ＊》あたりへ往《い》くらしい

西にまがつて見えなくなつた
いまわたくしは歩測のときのやう
しんかい地ふうのたてものは
みんなうしろに片附《かたづ》けた
そしてこここそ畑になつてゐる
黒馬が二ひき汗でぬれ
犁《プラウ》をひいて往つたりきたりする
ひはいろのやはらかな山のこつちがはだ
山ではふしぎに風がふいてゐる
嫩葉《わかば》がさまざまにひるがへる
ずうつと遠くのくらいところでは
鶯《うぐひす》もごろごろ啼《な》いてゐる
その透明な群青《ぐんじやう》のうぐひすが
（ほんたうの鶯の方はドイツ読本の
　ハンスがうぐひすでないよと云つた）

馬車はずんずん遠くなる
大きくゆれるしはねあがる
紳士《しんし》もかろくはねあがる
このひとはもうよほど世間をわたり
いまは青ぐろいふちのやうなとこへ
すましてこしかけてゐるひとなのだ
そしてずんずん遠くなる
はたけの馬は二ひき
ひとはふたりで赤い
雲に濾《こ》された日光のために
いよいよあかく灼《や》けてゐる
冬にきたときとはまるでべつだ*
みんなすつかり変つてゐる
変つたとはいへそれは雪が往き
雲が展《ひら》けてつちが呼吸し

幹や芽のなかに燐光や樹液《じゆえき》がながれ
あをじろい春になつただけだ
それよりもこんなせはしい心象の明滅をつらね
すみやかなすみやかな万法流転《ばんぽふるてん》のなかに
小岩井のきれいな野はらや牧場の標本が
いかにも確かに継起《けいき》するといふことが
どんなに新鮮な奇蹟《きせき》だらう
ほんたうにこのみちをこの前行くときは
空気がひどく稠密《ちうみつ》で
つめたくそしてあかる過ぎた
今日は七つ森はいちめんの枯草《かれくさ》
松木がをかしな緑褐に
丘のうしろとふもとに生えて
大へん陰鬱《いんうつ》にふるびて見える

パート二

たむぼりんも遠くのそらで鳴つてるし
雨はけふはだいぢやうぶふらない
しかし馬車もはやいと云つたところで
そんなにすてきなわけではない
いままでたつてやつとあすこまで
ここからあすこまでのこのまつすぐな
火山灰のみちの分だけ行つたのだ
あすこはちやうどまがり目で
すがれの草穂《くさぼ》もゆれてゐる
（山は青い雲でいつぱい　光つてゐるし
　かけて行く馬車はくろくてりつぱだ）
ひばり　ひばり
銀の微塵《みぢん》のちらばるそらへ

たつたいまのぼつたひばりなのだ
くろくてすばやくきんいろだ
そらでやる Brownian movement
おまけにあいつの翅《はね》ときたら
甲虫のやうに四まいある
飴《あめ》いろのやつと硬《かた》い漆《うるし》ぬりの方と
たしかに二重《ふたへ》にもつてゐる
よほど上手に鳴いてゐる
そらのひかりを呑《の》みこんでゐる
光波のために溺《おぼ》れてゐる
もちろんずつと遠くでは
もつとたくさんないてゐる
そいつのはうははいけいだ
向ふからはこつちのやつがひどく勇敢《ゆうかん》に見える
うしろから五月のいまごろ

黒いながいオーヴァを着た*
医者らしいものがやつてくる
たびたびこつちをみてゐるやうだ
それは一本みちを行くときに
ごくありふれたことなのだ
冬にもやつぱりこんなあんばいに
くろいイムバネスがやつてきて
本部へはこれでいいんですかと
遠くからことばの浮標《ブイ》をなげつけた
でこぼこのゆきみちを
辛《から》うじて咀嚼《そしやく》するといふ風にあるきながら
本部へはこれでい丶んですかと
心細《こころぼそ》さうにきいたのだ
おれはぶつきら棒にああと言つただけなので
ちやうどそれだけ大《たい》へんかあいさうな気がした

けふのはもつと遠くからくる

パート九

すきとほつてゆれてゐるのは
さつきの剽悍《へうかん》な四本のさくら*
わたくしはそれを知つてゐるけれども
眼にははつきり見てゐない
たしかにわたくしの感官の外《そと》で
つめたい雨がそそいでゐる
(天の微光《びくわう》にさだめなく
うかべる石をわがふめば
お、ユリア　しづくはいとど降りまさり
カシオペーアはめぐり行く)
ユリアがわたくしの左を行く

大きな紺《こん》いろの瞳《ひとみ》をりんと張つて
ユリアがわたくしの左を行く
ペムペルがわたくしの右にゐる
……………はさつき横へ外《そ》れた
あのから松の列のとこから横へ外れた
《幻想が向ふから迫つてくるときは
　もうにんげんの壊《こほ》れるときだ》
わたくしははつきり眼をあいてあるいてゐるのだ
ユリア　ペムペル　わたくしの遠いともだちよ
わたくしはずいぶんしばらくぶりで
きみたちの巨《おほ》きなまつ白なすあしを見た
どんなにわたくしはきみたちの昔の足あとを
白堊《はくあ》系の頁岩《けつがん》の古い海岸にもとめただらう
　《あんまりひどい幻想だ》
わたくしはなにをびくびくしてゐるのだ

どうしてもどうしてもさびしくてたまらないときは
ひとはみんなきつと斯《か》ういふことになる
きみたちとけふあふことができたので
わたくしはこの巨きな旅のなかの一つづりから
血みどろになつて遁《に》げなくてもいいのです
（ひばりが居るやうな居ないやうな
　腐植質《ふしよくしつ》から麦が生え
　雨はしきりに降つてゐる）
さうです　農場のこのへんは
まつたく不思議におもはれます
どうしてかわたくしはここらを
der heilige Punkt＊と
呼びたいやうな気がします
この冬だつて耕耘《かううん》部まで用事で来て
こゝいらの匂《にほひ》のいゝふぶきのなかで

なにとはなしに聖《きよ》いこころもちがして
凍《こご》えさうになりながらいつまでもいつまでも
いつたり来たりしてゐました
さつきもさうです
どこの子どもらですかあの瓔珞《やうらく》をつけた子は
《そんなことでだまされてはいけない
　ちがつた空間にはいろいろちがつたものがゐる
　それにだいいちさつきからの考へやうが
　まるで銅版のやうなのに気がつかないか》
雨のなかでひばりが鳴いてゐるのです
あなたがたは赤い瑪瑙《めなう》の棘《とげ》でいつぱいな野はらも
その貝殻《かひがら》のやうに白くひかり
底の平らな巨きなすあしにふむのでせう
　もう決定した　そつちへ行くな
　これらはみんなただしくない

いま疲《つか》れてかたちを更《か》へたおまへの信仰から
　発散して酸《す》えたひかりの澱《おり》だ
　ちひさな自分を劃《くぎ》ることのできない
　この不可思議な大きな心象宙宇のなかで
もしも正しいねがひに燃えて
じぶんとひとと万象《ばんしやう》といつしよに
至上福祉《ふくし》にいたらうとする
それをある宗教情操とするならば
そのねがひから砕《くだ》けまたは疲れ
じぶんとそれからたつたもひとつのたましひと
完全そして永久にどこまでもいつしよに行かうとする
この変態を恋愛といふ
そしてどこまでもその方向では
決して求め得られないその恋愛の本質的な部分を
むりにもごまかし求め得ようとする

この傾向を性慾といふ
すべてこれら漸移《ぜんい》のなかのさまざまな過程に従つて
さまざまな眼に見えまた見えない生物の種類がある
この命題は可逆的にもまた正しく
わたくしにはあんまり恐ろしいことだ
けれどもいくら恐ろしいといつても
それがほんたうならしかたない
さあはつきり眼をあいてたれにも見え
明確に物理学の法則にしたがふ
これら実在の現象のなかから
あたらしくまつすぐに起《た》て
明るい雨がこんなにたのしくそそぐのに
馬車が行く　馬はぬれて黒い
ひとはくるまに立つて行く
もうけつしてさびしくはない

なんべんさびしくないと云つたとこで
またさびしくなるのはきまつてゐる
けれどもここはこれでいいのだ
すべてさびしさと悲傷とを焚《た》いて
ひとは透明な軌道《きだう》をすすむ*
ラリックス　ラリックス　いよいよ青く*
雲はますます縮れてひかり
わたくしはかつきりみちをまがる*

報告

さつき火事だとさわぎましたのは虹《にじ》でございました
もう一時間もつづいてりんと張つて居《を》ります

岩手山

そらの散乱反射《さんらんはんしや》のなかに
古ぼけて黒くゑぐるもの
ひかりの微塵系列《みぢんけいれつ》の底に
きたなくしろく澱《よど》むもの

高原

海だべがど　おら　おもたれば
やつぱり光る山だたぢやい
ホウ
髪毛《かみけ》　風吹けば

鹿《しし》踊りだぢやい

原体《はらたい》剣舞連《けんばひれん》*

(mental sketch modified)

dah-dah-dah-dah-dah-sko-dah-dah

こんや異装《いさう》のげん月のした
鶏《とり》の黒尾を頭巾《づきん》にかざり
片刃《かたは》の太刀《たち》をひらめかす
原体村《はらたい》*の舞手《をどりこ》たちよ
鴇《とき》いろのはるの樹液《じゆえき》を*
アルペン農の辛酸《しんさん》に投げ
生《せい》しののめの草いろの火を*
高原の風とひかりにさゝげ

菩提《まだ》樹皮《かは》と縄《なは》とをまとふ
気圏の戦士わが朋《とも》たちよ
青らみわたる顥気《かうき》をふかみ
楢《なら》と椈《ぶな》とのうれひをあつめ
蛇紋山地《じやもんさんち》*に篝《かがり》をかかげ
ひのきの髪をうちゆすり
まるめろの匂《にほひ》のそらに
あたらしい星雲を燃せ
　　dah-dah-sko-dah-dah
肌膚《きふ》を腐植《ふしよく》と土にけづらせ
筋骨はつめたい炭酸に粗《あら》び
月月《つきづき》に日光と風とを焦慮《せうりよ》し
敬虔《けいけん》に年を累《かさ》ねた師父《しふ》たちよ
こんや銀河と森とのまつり
准《じゆん》平原の天末線《てんまつせん》に

さらにも強く鼓《つづみ》を鳴らし
うす月の雲をどよませ
　Ho! Ho! Ho!
　　むかし達谷《たつた》の悪路王《あくろわう》＊
　　まつくらくらの二里の洞《ほら》
　　わたるは夢と黒夜神《こくやじん》＊
　　首は刻まれ漬《つ》けられ
アンドロメダもかゞりにゆすれ
　　青い仮面《めん》このこけおどし
　　太刀を浴びてはいつぷかぷ＊
　　夜風の底の蜘蛛《くも》をどり
　　胃袋《ゐぶくろ》はいてぎつたぎた
　dah-dah-dah-dah-dah-sko-dah-dah
さらにただしく刃《やいば》を合《あ》はせ
霹靂《へきれき》の青火をくだし＊

四方《しはう》の夜《よる》の鬼神《きじん》をまねき
樹液《じゆえき》もふるふこの夜《よ》さひとよ
赤ひたたれを地にひるがへし
雹雲《ひようウん》と風とをまつれ

dah-dah-dah-dahh

夜風《よかぜ》とどろきひのきはみだれ
月は射《い》そそぐ銀の矢並《やなみ》
打つも果《は》てるも火花のいのち
太刀の軋《きし》りの消えぬひま

dah-dah-dah-dah-dah-sko-dah-dah

太刀は稲妻《いなづま》萱穂《かやぼ》のさやぎ
獅子《しし》の星座《せいざ》に散る火の雨の
消えてあとない天《あま》のがはら
打つも果てるもひとつのいのち

dah-dah-dah-dah-dah-sko-dah-dah

東岩手火山＊

月は水銀　後夜《ごや》の喪主《もしゆ》
火山礫《れき》は夜《よる》の沈澱《ちんでん》
火口の巨《おほ》きなゐぐりを見ては
たれもみんな愕《おどろ》くはずだ
　（風としづけさ）
いま漂着《へうちやく》する薬師外輪山《ぐわいりんざん》＊
頂上の石標もある
　（月光は水銀　月光は水銀）
≪こんなことはじつにまれです
向ふの黒い山……って　それですか
それはここのつづきです

ここのつづきの外輪山です
あすこのてつぺんが絶頂です
向ふの？
向ふのは御室《おむろ》火口*です
これから外輪山をめぐるのですけれども
いまはまだなんにも見えませんから
もすこし明るくなつてからにしませう
え、　太陽が出なくても
あかるくなつて
西岩手火山*のはうの火口湖やなにか
見えるやうにさへなればいいんです
お日さまはあすこらへんで拝みます》
　黒い絶頂の右肩《みぎかた》と
　そのときのまつ赤な太陽
　わたくしは見てゐる

あんまり真赤な幻想の太陽だ
《いまなん時です
三時四十分？
ちやうど一時間
いや四十分ありますから
寒いひとは提灯《ちやうちん》でも持つて
この岩のかげに居てください》
ああ　暗い雲の海だ
《向ふの黒いのはたしかに早池峰《はやちね》＊です
線になつて浮きあがつてるのは北上《きたかみ》山地です
うしろ？
あれですか
あれは雲です　柔《やは》らかさうですね
雲が駒《こま》ケ岳《たけ》＊に被《かぶ》さつたのです
水蒸気を含んだ風が

駒ケ岳にぶつつかつて
　上にあがり
あんなに雲になつたのです
鳥海山《てうかいさん》は見えないやうです
けれども
夜が明けたら見えるかもしれませんよ》
（柔かな雲の波だ
あんな大きなうねりなら
月光会社の五千噸《トン》の汽船も
動揺《どうえう》を感じはしないだらう
その質は
蛋白石《たんぱくせき》　glass-wool
あるいは水酸化礬土《ばんど》の沈澱）*
《じつさいこんなことは稀《まれ》なのです
わたくしはもう十何べんも来てゐますが

こんなにしづかで
そして暖かなことはなかつたのです
麓《ふもと》の谷の底よりも
さつきの九合の小屋よりも
却《かへ》つて暖かなくらゐです
今夜のやうなしづかな晩は
つめたい空気は下へ沈んで
霜《しも》さへ降らせ
暖い空気は
上に浮んで来るのです
これが気温の逆転です》
御室火口の盛《も》りあがりは
月のあかりに照らされてゐるのか
それともおれたちの提灯のあかりか
提灯だといふのは勿体《もつたい》ない

ひはいろで暗い
《それではもう四十分ばかり
寄り合つて待つておいでなさい
さうさう　北はこつちです
北斗七星《ほくと》は
いま山の下の方に落ちてゐますが
北斗星はあれです
それは小熊座《こぐま》といふ
あの七つの中なのです
それから向ふに
縦に三つならんだ星が見えませう
下には斜めに房《ふさ》が下つたやうになり
右と左とには
赤と青と大きな星がありませう
あれはオリオンです　オライオンです

あの房の下のあたりに
星雲があるといふのです
いま見えません
その下のは大犬のアルファ*
冬の晩いちばん光つて目立《めだ》つやつです
夏の蝎《さそり》とうら表です
さあみなさん　ご勝手におあるきなさい
向ふの白いのですか
雪ぢやありません
けれども行つてごらんなさい
まだ一時間もありますから
私もスケッチをとります》*
はてな　わたくしの帳面の
書いた分がたつた三枚になつてゐる
事によると月光のいたづらだ

藤原が提灯を見せてゐる
ああ頁《ページ》が折れ込《こ》んだのだ
さあでは私はひとり行かう
外輪山の自然な美しい歩道の上を
月の半分は赤銅《しやくどう》　地球照《アースシャイン》
（お月さまには黒い処《ところ》もある）
（後藤《ごどう》又兵衛いつも拝んだづなす）
私のひとりごとの反響《はんきやう》に
小田島治衛《はるゑ》が云つてゐる
（山中鹿之助だらう）
もうかまはない　歩いてい、
どつちにしてもそれは善《い》いことだ
二十五日の月のあかりに照らされて
薬師火口の外輪山をあるくとき
わたくしは地球の華族《くわぞく》である

蛋白石の雲は遥《はるか》にたゝへ
オリオン　金牛　もろもろの星座
澄《す》み切り澄みわたつて
瞬《また》きさへもすくなく
わたくしの額の上にかがやき
　さうだ　オリオンの右肩から
　ほんたうに鋼青《かうじやう》の壮麗《さうれい》が
　　ふるへて私にやつて来る

三つの提灯は夢の火口原の
白いとこまで降りてゐる
《雪ですか　雪ぢやないでせう》
困つたやうに返事してゐるのは
雪でなく　仙人草*のくさむらなのだ
さうでなければ高陵土《カオリンゲル》*

残りの一つの提灯は
一升のところに停《とま》つてゐる
それはきつと河村慶助が
外套《ぐわいたう》の袖《そで》にぼんやり手を引つ込めてゐる
《御室《おむろ》の方の火口へでもお入りなさい
噴火口へでも入つてごらんなさい
硫黄《いわう》のつぶは拾へないでせうが》
斯《こ》んなによく声がとゞくのは
メガホーンもしかけてあるのだ
しばらく躊躇《ちうちよ》してゐるやうだ
《先生　中さ入《はひ》つてもいがべすか》
《え、　おはひりなさい　大丈夫《だいぢやうぶ》です》
提灯が三つ沈んでしまふ
そのでこぼこのまつ黒の線
すこしのかなしさ

けれどもこれはいつたいなんといふいゝことだ
大きな帽子《ぼうし》をかぶり
ちぎれた繻子《しゆす》のマントを着て
薬師火口の外輪山の
しづかな月明を行くといふのは

この石標は
下向の道と書いてあるにさうゐない
火口のなかから提灯が出て来た
宮沢の声もきこえる
雲の海のはてはだんだん平らになる
それは一つの雲平線《うんぴやうせん》をつくるのだ
雲平線をつくるのだといふのは
月のひかりのひだりから
みぎへすばやく擦過《さつくわ》した

一つの夜の幻覚だ
いま火口原の中に
一点しろく光るもの
わたくしを呼んでゐる呼んでゐるのか
私は気圏オペラの役者です
鉛筆のさやは光り
速《すみや》かに指の黒い影はうごき
唇《くちびる》を円くして立つてゐる私は
たしかに気圏オペラの役者です
また月光と火山塊《くわい》のかげ
向ふの黒い巨きな壁は
熔岩《ようがん》か集塊岩　力強い肩だ
とにかく夜があけてお鉢廻《はちまは》りのときは
あすこからこつちへ出て来るのだ
なまぬるい風だ

これが気温の逆転だ
（つかれてゐるな
　わたしはやつぱり睡《ねむ》いのだ）
火山弾《だん》には黒い影
その妙好《めうかう》の火口丘《きう》には
幾条かの軌道《きだう》のあと
鳥の声！
鳥の声！
海抜《かいばつ》六千八百尺*の
月明をかける鳥の声
鳥はいよいよしつかりとなき
私はゆつくりと踏《ふ》み
月はいま二つに見える
やつぱり疲《つか》れからの乱視なのだ

かすかに光る火山塊の一つの面
オリオンは幻怪《げんくわい》
月のまはりは熟した瑪瑙《めなう》と葡萄《ぶだう》
あくびと月光の動転《どうてん》
　（あんまりはねあるぐなぢやい
　汝《うな》ひとりだらいがべあ
　子供等《わらしやど》も連れでて目にあへば＊
　汝《うな》ひとりであすまないんだぢやい）
火口丘《くわこうきう》の上には天の川の小さな爆発《ばくはつ》
みんなのデカンシヨの声も聞える
月のその銀の角のはじが
潰《つぶ》れてすこし円くなる
天の海とオーパルの雲
あたたかい空気は
ふつと撚《より》になつて飛ばされて来る

きつと屈折率《くつせつりつ》も低く
濃《こ》い蔗糖溶液《しよたうようえき》に
また水を加へたやうなのだらう
東は淀《よど》み
提灯《ちやうちん》はもとの火口の上に立つ
また口笛を吹いてゐる
わたくしも戻《もど》る
わたくしの影を見たのか提灯も戻る
（その影は鉄いろの背景の*
　ひとりの修羅《しゆら》に見える筈《はず》だ）
さう考へたのは間違《まちが》ひらしい
とにかくあくびと影ぼふし
空のあの辺の星は微《かす》かな散点
すなはち空の模様がちがつてゐる
そして今度は月が蹇《ちぢ》まる

永《えい》訣《けつ》の朝**

けふのうちに
とほくへいつてしまふわたくしのいもうとよ
みぞれがふつておもてはへんにあかるいのだ
（※あめゆじゆとてちて*けんじや）
うすあかくいつさう陰惨《いんざん》な雲から
みぞれはびちよびちよふつてくる
（あめゆじゆとてちてけんじや）
青い蓴菜《じゅんさい》*のもやうのついた
これらふたつのかけた陶椀《たうわん》に
おまへがたべるあめゆきをとらうとして
わたくしはまがつたてつぱうだまのやうに

このくらいみぞれのなかに飛びだした
　（あめゆじゆとてちてけんじや）
蒼鉛《さうえん》いろの暗い雲から
みぞれはびちよびちよ沈んでくる
ああとし子＊
死ぬといふいまごろになつて
わたくしをいつしやうあかるくするために
こんなさつぱりした雪のひとわんを
おまへはわたくしにたのんだのだ
ありがたうわたくしのけなげないもうとよ
わたくしもまつすぐにすすんでいくから
　（あめゆじゆとてちてけんじや）
はげしいはげしい熱やあえぎのあひだから
おまへはわたくしにたのんだのだ
　銀河や太陽　気圏などとよばれたせかいの

そらからおちた雪のさいごのひとわんを……＊
……ふたきれのみかげせきざいに
みぞれはさびしくたまつてゐる
わたくしはそのうへにあぶなくたち
雪と水とのまつしろな二《に》相系《さうけい》をたもち
すきとほるつめたい雫《しづく》にみちた
このつややかな松のえだから
わたくしのやさしいいもうとの
さいごのたべものをもらつていかう
わたしたちがいつしよにそだつてきたあひだ
みなれたちやわんのこの藍《あゐ》のもやうにも
もうけふおまへはわかれてしまふ
※(Ora Orade Shitori egumo)
ほんたうにけふおまへはわかれてしまふ
あぁあのとざされた病室の

くらいびやうぶやかやのなかに
やさしくあをじろく燃えてゐる
わたくしのけなげないもうとよ
この雪はどこをえらばうにも
あんまりどこもまつしろなのだ
あんなおそろしいみだれたそらから
このうつくしい雪がきたのだ
　　（※うまれでくるたて
　　　こんどはこたにわりやのごとばかりで
　　　くるしまなあよにうまれてくる）
おまへがたべるこのふたわんのゆきに
わたくしはいまこころからいのる
どうかこれが兜率《とそつ》の天の食に変つて*
やがてはおまへとみんなとに
聖《きよ》い資糧《しりやう》をもたらすことを*

わたくしのすべてのさいはひをかけてねがふ

松《まつ》の針

　さつきのみぞれをとつてきた
あのきれいな松のえだだよ
おお　おまへはまるでとびつくやうに
そのみどりの葉にあつい頰《ほほ》をあてる
そんな植物性の青い針のなかに
はげしく頰を刺《さ》させることは
むさぼるやうにさへすることは
どんなにわたくしたちをおどろかすことか
そんなにまでもおまへは林へ行きたかつたのだ
おまへがあんなにねつに燃されれ

あせやいたみでもだえてゐるとき
わたくしは日のてるとこでたのしくはたらいたり
ほかのひとのことをかんがへながら森をあるいてゐた
（※ああいい　さつぱりした
　まるで林のながさ来たよだ）
鳥のやうに栗鼠《りす》のやうに
おまへは林をしたつてゐた
どんなにわたくしがうらやましかつたらう
ああけふのうちにとほくへさらうとするいもうとよ
ほんたうにおまへはひとりでいかうとするか
わたくしにいつしよに行けとたのんでくれ
泣いてわたくしにさう言つてくれ
　おまへの頬の　けれども
　なんといふけふのうつくしさよ
わたくしは緑のかやのうへにも

この新鮮な松のえだをおかう
いまに雫《しづく》もおちるだらうし
そら
さはやかな
terpentine《ターペンテイン》*の匂《にほひ》もするだらう

無声慟哭《どうこく》

こんなにみんなにみまもられながら
おまへはまだここでくるしまなければならないか
ああ巨《おほ》きな信のちからからことさらにはなれ
また純粋やちひさな徳性のかずをうしなひ
わたくしが青ぐらい修羅《しゆら》をあるいてゐるとき
おまへはじぶんにさだめられたみちを

ひとりさびしく往《い》かうとするか
信仰を一つにするたつたひとりのみちづれのわたくしが
あかるくつめたい精進《しやうじん》のみちからかなしくつかれてゐて
毒草や蛍光菌《けいくわうきん》のくらい野原をただよふとき＊
おまへはひとりどこへ行かうとするのだ
（※おら　おかないふうしてらべ）
何といふあきらめたやうな悲痛なわらひやうをしながら
またわたくしのどんなちひさな表情も
けつして見遁《みのが》さないやうにしながら
おまへはけなげに母に訊《き》くのだ
（うんにや　ずいぶん立派だぢやい
　けふはほんとに立派だぢやい）
ほんたうにさうだ
髪だつていつそうくろいし
まるでこどもの苹果《りんご》の頬《ほほ》だ

どうかきれいな頰をして
あたらしく天にうまれてくれ
《※それでもからだくさえがべ？》
《うんにゃ　いつかう》
ほんたうにそんなことはない
かへつてここはなつののはらの
ちひさな白い花の匂《にほひ》でいつぱいだから
ただわたくしはそれをいま言へないのだ
（わたくしは修羅をあるいてゐるのだから）
わたくしのかなしさうな眼をしてゐるのは
わたくしのふたつのこころをみつめてゐるためだ
ああそんなに
かなしく眼をそらしてはいけない

註

※あめゆきとつてきてください
※あたしはあたしでひとりいきます
※またひとにうまれてくるときは
こんなにじぶんのことばかりで
くるしまないやうにうまれてきます
※ああいい　さつぱりした
まるではやしのなかにきたやうだ
※あたしこはいふうをしてるでせう
※それでもわるいにほひでせう

白い鳥

《みんなサラーブレッドだ
あゝいふ馬　誰行っても押《おさ》へるにいがべが》
《よっぽどなれたひとでないと》
古風なくらかけやまのした
おきなぐさの冠毛《くわんもう》がそよぎ＊
鮮《あざや》かな青い樺《かば》の木のしたに
何匹《びき》かあつまる茶いろの馬
じつにすてきに光つてゐる
（日本絵巻のそらの群青《ぐんじやう》や
天末の　turquois《タコイス》＊　はめづらしくないが
あんな大きな心相の

　光の環《くわん》は風景の中にすくない）
二疋《ひき》の大きな白い鳥が
鋭くかなしく啼《な》きかはしながら
しめつた朝の日光を飛んでゐる
それはわたくしのいもうとだ
死んだわたくしのいもうとだ
兄が来たのであんなにかなしく啼いてゐる
　（それは一応はまちがひだけれども
　まつたくまちがひとは言はれない）
あんなにかなしく啼きながら
朝のひかりをとんでゐる
　（あさの日光ではなくて
　熟してつかれたひるすぎらしい）
けれどもそれも夜どほしあるいてきたための
vague《バーグ》な銀の錯覚《さくかく》なので

　　（ちやんと今朝あのひしげて融《と》けた金《キン》の液体が
　　　青い夢の北上《きたかみ》山地からのぼつたのをわたくしは見た）
　どうしてそれらの鳥は二羽
　そんなにかなしくきこえるか
　それはじぶんにすくふちからをうしなつたとき
　わたくしのいもうとをもうしなつた
　そのかなしみによるのだが
　　（ゆふべは柏《かしは》ばやしの月あかりのなか
　　　けさはすずらんの花のむらがりのなかで
　　　なんべんわたくしはその名を呼び
　　　またたれともわからない声が
　　　人のない野原のはてからこたへてきて
　　　わたくしを嘲笑《てうせう》したことか）
　そのかなしみによるのだが
　またほんたうにあの声もかなしいのだ

いま鳥は二羽　かゞやいて白くひるがへり
むかふの湿地　青い蘆のなかに降りる
降りようとしてまたのぼる
（日本武尊《やまとたけるのみこと》の新らしい御陵の前に
おきさきたちがうちふして嘆き
そこからたまたま千鳥が飛べば
それを尊のみたまとおもひ
蘆に足をも傷つけながら
海べをしたつて行かれたのだ）
清原がわらつて立つてゐる
（日に灼《や》けて光つてゐるほんたうの農村のこども
その菩薩《ぼさつ》ふうのあたまの容《かたち》はガンダーラから来た）
水が光る　きれいな銀の水だ
《さああすこに水があるよ
口をすゝいでさつぱりして往《い》かう

こんなきれいな野はらだから）

青森挽《ばん》歌《か》

こんなやみよののはらのなかをゆくときは
客車のまどはみんな水族館の窓になる
（乾《かわ》いたでんしんばしらの列が
　せはしく遷《うつ》つてゐるらしい
　きしやは銀河系の玲瓏《れいろう》レンズ
　巨《おほ》きな水素のりんごのなかをかけてゐる）
りんごのなかをはしつてゐる
けれどもここはいつたいどこの停車場《ば》だ
枕木《まくらぎ》を焼いてこさへた柵《さく》が立ち
（八月の　よるのしじまの　寒天凝膠《アガアゼル》）

支手のあるいちれつの柱は
なつかしい陰影《いんえい》だけでできてゐる
黄いろなランプがふたつ点《つ》き
せいたかくあをじろい駅長の
真鍮《しんちゆう》棒もみえなければ
じつは駅長のかげもないのだ
　（その大学の昆虫《こんちゆう》学の助手は
　　こんな車室いつぱいの液体のなかで
　油のない赤髪《け》をもじやもじやして
　かばんにもたれて睡《ねむ》つてゐる）
わたくしの汽車は北へ走つてゐるはずなのに
ここではみなみへかけてゐる
焼杭《やけぐひ》の柵はあちこち倒れ
はるかに黄いろの地平線
それはビーアの澱《おり》をよどませ

あやしいよるの　陽炎《かげろふ》と
さびしい心意の明滅《めいめつ》にまぎれ
水いろ川の水いろ駅
（おそろしいあの水いろの空虚なのだ）
汽車の逆行は希求《ききう》の同時な相反性
こんなさびしい幻想《げんさう》から
わたくしははやく浮《うか》びあがらなければならない
そこらは青い孔雀《くじやく》のはねでいつぱい
真鍮の睡さうな脂肪酸《しばうさん》にみち
車室の五つの電燈は
いよいよつめたく液化され
（考へださなければならないことを
わたくしはいたみやつかれから
なるべくおもひださうとしない）
今日のひるすぎなら

けはしく光る雲のしたで
まつたくおれたちはあの重い赤いポムプを
ばかのやうに引つぱつたりついたりした
おれはその黄いろな服を着た隊長だ
だから睡いのはしかたない
（おゝ《オー》おまへ《ヅウ》　せはしい《アイリーガー》みちづれ《ゲゼルレ》よ
どうか《アイレドツホ》ここから《ニヒト》急いで《フオン》去《デヤ》らないで《ステルレ》くれ
《尋常《じんじやう》一年生　ドイツの尋常一年生》
いきなりそんな悪い叫びを
投げつけるのはいつたいたれだ
けれども尋常一年生だ
夜中を過ぎたいまごろに
こんなにぱつちり眼をあくのは
ドイツの尋常一年生だ）
あいつはこんなさびしい停車場を

たつたひとりで通つていつたらうか
どこへ行くともわからないその方向を
どの種類の世界へはひるともしれないそのみちを
たつたひとりでさびしくあるいて行つたらうか
（草や沼やです
一本の木もです）
《ギルちやんまつさをになつてすわつてゐたよ》＊
《こおんなにして眼は大きくあいてたけど
ぼくたちのことはまるでみえないやうだつたよ》
《ナーガラがね　眼をじつとこんなに赤くして
だんだん環《わ》をちひさくしたよ　こんなに》
《し　環をお切り　そら　手を出して》
《ギルちやん青くてすきとほるやうだつたよ》
《鳥がね　たくさんたねまきのときのやうに
ばあつと空を通つたの

でもギルちやんだまつてゐたよ》
《お日さまあんまり変に飴《あめ》いろだつたわねえ》
《ギルちやんちつともぼくたちのことみないんだもの
　ぼくほんたうにつらかつた》
《さつきおもだか*のとこであんまりはしやいでたねえ》
《どうしてギルちやんぼくたちのことみなかつたらう
　忘れたらうかあんなにいつしよにあそんだのに》
かんがへださなければならないことは
どうしてもかんがへださなければならない
とし子はみんなが死ぬとなづける
そのやりかたを通つて行き
それからさきどこへ行つたかわからない
それはおれたちの空間の方向ではかられない
感ぜられない方向を感じようとするときは
たれだつてみんなぐるぐるする

《耳ごうど鳴つてさつぱり聞けなぐなつたんちやい》
さう甘《あま》えるやうに言つてから
たしかにあいつはじぶんのまはりの
眼にははつきりみえてゐる
なつかしいひとたちの声をきかなかつた
にはかに呼吸がとまり脈がうたなくなり
それからわたくしがはしつて行つたとき
あのきれいな眼が
なにかを索《もと》めるやうに空《むな》しくうごいてゐた
それはもうわたくしたちの空間を二度と見なかつた
それからあとであいつはなにを感じたらう
それはまだおれたちの世界の幻視をみ
おれたちのせかいの幻聴《げんちやう》をきいたらう
わたくしがその耳もとで
遠いところから声をとつてきて

そらや愛やりんごや風　すべての勢力のたのしい根源
万象同帰《ばんしやう》のそのいみじい生物の名を
ちからいつぱいちからいつぱい叫んだとき
あいつは二へんうなづくやうに息をした
白い尖《とが》つたあごや頬《ほほ》がゆすれて
ちひさいときよくおどけたときにしたやうな
あんな偶然な顔つきにみえた
けれどもたしかにうなづいた
《ヘツケル博士＊！
　わたくしがそのありがたい証明の
　任にあたつてもよろしうございます》
仮睡硅酸《かすいけいさん》の雲のなかから
凍《こほ》らすやうなあんな卑怯《ひけふ》な叫び声は……
（宗谷《そうや》海峡《かいけふ》を越《こ》える晩は
わたくしは夜どほし甲板《かんぱん》に立ち

あたまは具《そな》へなく陰湿《いんしつ》の霧《きり》をかぶり
　からだはけがれたねがひにみたし
　　そしてわたくしはほんたうに挑戦《てうせん》しよう）
たしかにあのときはうなづいたのだ
そしてあんなにつぎのあさまで
胸がほとつてゐたくらゐだから
わたくしたちが死んだといつて泣いたあと
とし子はまだまだこの世かいのからだを感じ
ねつやいたみをはなれたほのかなねむりのなかで
ここでみるやうなゆめをみてゐたかもしれない
そしてわたくしはそれらのしづかな夢幻が
つぎのせかいへつゞくため
明るい、匂《にほひ》のするものだつたことを
どんなにねがふかわからない
ほんたうにその夢の中のひとくさりは

かん護とかなしみとにつかれて睡つてゐた
おしげ子*たちのあけがたのなかに
ぼんやりとしてはひつてきた
⦅黄いろな花こ　おらもとるべがな⦆
たしかにとし子はあのあけがたは
まだこの世かいのゆめのなかにゐて
落葉の風につみかさねられた
野はらをひとりあるきながら
ほかのひとのことのやうにつぶやいてゐたのだ
そしてそのままさびしい林のなかの
いつぴきの鳥になつただらうか
l'estudiantina* を風にききながら
水のながれる暗いはやしのなかを
かなしくうたつて飛んで行つたらうか
やがてはそこに小さなプロペラのやうに

音をたてて飛んできたあたらしいともだちと
無心のとりのうたをうたひながら
たよりなくさまよつて行つたらうか
　　わたくしはどうしてもさう思はない
なぜ通信が許されないのか
許されてゐる　そして私のうけとつた通信は
母が夏のかん病のよるにゆめみたとおなじだ
どうしてわたくしはさうなのをさうと思はないのだらう
それらひとのせかいのゆめはうすれ
あかつきの薔薇《ばら》いろをそらにかんじ
あたらしくさはやかな感官をかんじ
日光のなかのけむりのやうな羅《うすもの》をかんじ
かがやいてほのかにわらひながら
はなやかな雲やつめたいにほひのあひだを
交錯《かうさく》するひかりの棒を過《よ》ぎり

われらが上方とよぶその不可思議な方角へ
それがそのやうであることにおどろきながら
大循環《だいじゆんくわん》の風よりもさはやかにのぼつて行つた
わたくしはその跡《あと》をさへたづねることができる
そこに碧《あを》い寂《しづ》かな湖水の面をのぞみ
あまりにもそのたひらかさとかがやきと
未知な全反射の方法と
さめざめとひかりゆすれる樹《き》の列を
ただしくうつすことをあやしみ
やがてはそれがおのづから研《みが》かれた
天の瑠璃《るり》の地面と知つてこゝろわななき
紐《ひも》になつてながれるそらの楽音
また瓔珞《やうらく》やあやしいうすものをつけ
移らずしかもしづかにゆききする
巨きなすあしの生物たち

遠いほのかな記憶のなかの花のかをり
それらのなかにしづかに立つたらうか
それともおれたちの声を聴《き》かないのち
暗紅色の深くもわるいがらん洞《どう》と
意識ある蛋白質《たんぱくしつ》の砕《くだ》けるときにあげる声
亜硫酸《ありうさん》や笑気《せうき》のにほひ*
これらをそこに見るならば
あいつはその中にまつ青になつて立ち
立つてゐるともよろめいてゐるともわからず
頬に手をあててゆめそのもののやうに立ち
(わたくしがいまごろこんなものを感ずることが
いつたいほんたうのことだらうか
わたくしといふものがこんなものをみることが
いつたいありうることだらうか
そしてほんたうにみてゐるのだ)と

斯《か》ういつてひとりなげくかもしれない……
わたくしのこんなさびしい考《かんがへ》は
みんなよるのためにできるのだ
夜があけて海岸へかかるなら
そして波がきらきら光るなら
なにもかもみんないいかもしれない
けれどもとし子の死んだことならば
いまわたくしがそれを夢でないと考へて
あたらしくぎくつとしなければならないほどの
あんまりひどいげんじつなのだ
感ずることのあまり新鮮にすぎるとき
それをがいねん化することは
きちがひにならないための
生物体の一つの自衛作用だけれども
いつでもまもつてばかりゐてはいけない

ほんたうにあいつはここの感官をうしなつたのち
あらたにどんなからだを得
どんな感官をかんじただらう
なんべんこれをかんがへたことか
むかしからの多数の実験から
倶舎《くしや》*がさつきのやうに云ふのだ
二度とこれをくり返してはいけない
おもては軟玉《なんぎよく》と銀のモナド
半月の噴《ふ》いた瓦斯《ガス》でいつぱいだ
巻積雲《けんせきうん》のはらわたまで
月のあかりはしみわたり
それはあやしい蛍光板《けいくわうばん》になつて
いよいよあやしい苹果《りんご》の匂を発散し
なめらかにつめたい窓硝子《ガラス》さへ越えてくる
青森だからといふのではなく

大てい月がこんなやうな暁《あかつき》ちかく
巻積雲にはひるとき……
　（おいおい　あの顔いろは少し青かつたよ）
だまつてゐろ
おれのいもうとの死顔が
まつ青だらうが黒からうが
きさまにどう斯う云はれるか
あいつはどこへ堕《お》ちようと
もう無上道に属してゐる
力にみちてそこを進むものは
どの空間にでも勇んでとびこんで行くのだ
ぢきもう東の鋼《はがね》もひかる
ほんたうにけふの……きのふのひるまなら
おれたちはあの重い赤いポムプを……
　（もひとつきかせてあげよう

ね　じつさいね
あのときの眼は白かつたよ
すぐ瞑《つぶ》りかねてゐたよ》
まだいつてゐるのか
もうぢきよるはあけるのに
すべてあるがごとくにあり
かゞやくごとくにかがやくもの
おまへの武器やあらゆるものは
おまへにくらくおそろしく
まことはたのしくあかるいのだ
《みんなむかしからのきやうだいなのだから
けつしてひとりをいのつてはいけない》
ああ　わたくしはけつしてさうしませんでした
あいつがなくなつてからあとのよるひる
わたくしはただの一どたりと

あいつだけがいいとこに行けばいいと
さういのりはしなかつたとおもひます

風景とオルゴール

爽《さはや》かなくだもののにほひに充《み》ち
つめたくされた銀製の薄明穹《はくめいきゆう》を
雲がどんどんかけてゐる
黒曜《こくえう》ひのきやサイプレスの中を
一疋《ぴき》の馬がゆつくりやつてくる
ひとりの農夫が乗つてゐる
もちろん農夫はからだ半分ぐらゐ
木《こ》だちやそこらの銀のアトムに溶《と》け
またじぶんでも溶けてもいいとおもひながら

あたまの大きな曖昧《あいまい》な馬といつしよにゆつくりくる
首を垂れておとなしくがさがさした南部馬
黒く巨《おほ》きな松倉山*のこつちに
一点のダアリア複合体
その電燈の企画《プラン》なら
じつに九月の宝石である
その電燈の献策者《けんさく》に
わたくしは青い蕃茄《トマト》を贈る
どんなにこれらのぬれたみちや
クレオソートを塗《ぬ》つたばかりのらんかんや
電線も二本にせものの虚無《きよむ》のなかから光つてゐるし
風景が深く透明《とうめい》にされたかわからない
下では水がごうごう流れて行き
薄明穹の爽かな銀と苹果《りんご》とを
黒白鳥のむな毛の塊《かたまり》が奔《はし》り

《ああ　お月さまが出てゐます》
ほんたうに鋭《するど》い秋の粉や
玻璃末《はりまつ》の雲の稜《かど》に磨《みが》かれて
紫磨銀彩《しまぎんさい》に尖《とが》つて光る六日の月
橋のらんかんには雨粒《あめつぶ》がまだいつぱいついてゐる
なんといふこのなつかしさの湧《わ》きあがり
水はおとなしい膠朧体《かうろう》だし
わたくしはこんな過透明《くわとうめい》な景色のなかに
松倉山や五間森《ごけんもり》＊荒つぽい石英安山岩《デサイト》の岩頸《がんけい》から
放たれた剽悍《へうかん》な刺客に
暗殺されてもいいのです
（たしかにわたくしがその木をきつたのだから）
（杉のいただきは黒くそらの椀《わん》を刺し）
風が口笛をはんぶんちぎつて持つてくれば
（気の毒な二重感覚の機関）

わたくしは古い印度の青草をみる
崖《がけ》にぶつつかるそのへんの水は
葱《ねぎ》のやうに横に外《そ》れてゐる
そんなに風はうまく吹き
半月の表面はきれいに吹きはらはれた
だからわたくしの洋傘は
しばらくぱたぱた言つてから
ぬれた橋板に倒れたのだ
松倉山松倉山尖つてまつ暗な悪魔《あくま》蒼鉛《さうえん》の空に立ち
電燈はよほど熟してゐる
風がもうこれつきり吹けば
まさしく吹いて来る劫《カルパ》のはじめの風
ひときれそらにうかぶ暁《あかつき》のモテイーフ
電線と恐ろしい玉髄《キャルセドニ》の雲のきれ
そこから見当のつかない大きな青い星がうかぶ

（何べんの恋の償《つぐな》ひだ）
そんな恐ろしいがまいろの雲と
わたくしの上着はひるがへり
（オルゴールをかけろかけろ）
月はいきなり二つになり
盲《めし》ひた黒い暈《かさ》をつくつて光面を過ぎる雲の一群
（しづまれしづまれ五間森
　木をきられてもしづまるのだ）

一本木野《いっぽんぎの》*

松がいきなり明るくなつて
のはらがぱつとひらければ
かぎりなくかぎりなくかれくさは日に燃え

電信ばしらはやさしく白い碍子《がいし》をつらね
ベーリング市*までつづくとおもはれる
すみわたる海蒼《かいさう》の天と
きよめられるひとのねがひ
からまつはふたたびわかやいで萌《も》え
幻聴《げんちやう》の透明なひばり
七時雨《ななしぐれ》*の青い起伏《きふく》は
また心象のなかにも起伏し
ひとむらのやなぎ木立は
ボルガのきしのそのやなぎ
天椀《てんわん》の孔雀石《くじやく》にひそまり
薬師《やくし》岱赭《たいしや》*のきびしくするどいもりあがり
火口の雪は皺《しわ》ごと刻み
くらかけのびんかんな稜《かど》は
青ぞらに星雲をあげる

（おい　かしは
　てめいのあだなを
　やまのたばこの木つていふつてのはほんたうか）
こんなあかるい穹窿《きゆうりゆう》と草を
はんにちゆつくりあるくことは
いつたいなんといふおんけいだらう
わたくしはそれをはりつけとでもとりかへる
こひびととひとめみることでさへさうでないか
（おい　やまのたばこの木
　あんまりへんなをどりをやると
　未来派*だつていはれるぜ）
わたくしは森やのはらのこひびと
蘆《よし》のあひだをがさがさ行けば
つつましく折られたみどりいろの通信は
いつかぽけつとにはひつてゐるし

はやしのくらいとこをあるいてゐると
三日月《みかづき》がたのくちびるのあとで
肱《ひぢ》やずぼんがいつぱいになる

冬と銀河ステーシヨン

そらにはちりのやうに小鳥がとび
かげろふや青いギリシヤ文字は
せはしく野はらの雪に燃えます
パツセン大街道*のひのきからは
凍《こほ》つたしづくが燦々《さんさん》と降り
銀河ステーシヨンの遠方シグナルも
けさはまつ赤《か》に澱《よど》んでゐます
川はどんどん氷《ザエ》を流してゐるのに

みんなは生《なま》ゴムの長靴《ながぐつ》をはき
狐《きつね》や犬の毛皮を着て
陶器《たうき》の露店《ろてん》をひやかしたり
ぶらさがつた章魚《たこ》を品さだめしたりする
あのにぎやかな土沢の冬の市日《いちび》です
（はんの木とまばゆい雲のアルコホル
あすこにやどりぎの黄金のゴールが
さめざめとしてひかつてもいい）
あゝ　Josef Pasternack* の指揮する
この冬の銀河軽便鉄道は
幾重《いくへ》のあえかな氷をくぐり
（でんしんばしらの赤い碍子《がいし》と松の森）
にせものの金のメタルをぶらさげて
茶いろの瞳《ひとみ》をりんと張り
つめたく青らむ天椀《てんわん》の下

うららかな雪の台地を急ぐもの
(窓のガラスの氷の羊歯《しだ》は
だんだん白い湯気にかはる)
パッセン大街道のひのきから
しづくは燃えていちめんに降り
はねあがる青い枝や
紅玉やトパースまたいろいろのスペクトルや
もうまるで市場のやうな盛《さか》んな取引です

「春と修羅　第二集」より

序

この一巻は
わたくしが岩手県花巻《はなまき》の
農学校につとめて居《を》りました四年＊のうちの
終りの二年の手記から集めたものでございます
この四ヶ年はわたくしにとって
じつに愉快《ゆくわい》な明るいものでありました
先輩《せんぱい》たち無意識なサラリーマンスユニオンが
近代文明の勃興《ぼつこう》以来

或《ある》いは多少ペテンもあったではありませうが
とにかく巨《おほ》きな効果を示し
絶えざる努力と結束《けっそく》で
獲得《くわくとく》しましたその結果
わたくしは毎日わづか二時間乃至《ないし》四時間のあかるい授業と
二時間ぐらゐの軽い実習をもって
わたくしにとっては相当の量の俸給《ほうきふ》を保証されて居りまして
近距離《きんきより》の汽車にも自由に乗れ
ゴム靴《ぐつ》や荒い縞《しま》のシャツなども可成《かなり》に自由に撰択《せんたく》し
すきな子供らにはごちそうもやれる
さういふ安固な待遇《たいぐう》を得て居りました
しかしながらそのうちに
わたくしはだんだんそれになれて
みんながもってゐる着物の枚数や
毎食とれる蛋白質《たんぱくしつ》の量などを多少夥剰《くわじよう》に計算したかの嫌《きら》ひがあります

そこでたゞいまこのぼろぼろに戻《もど》って見れば
いさゝか湯《ゆ》漬《づ》けのオペラ役者の気もしまするが
またなかなかになつかしいので
まづは友人藤原嘉藤治*
菊池武雄*などの勧めるまゝに
この一巻をもいちどみなさまのお目通りまで捧《ささ》げます
たしかに捧げはしまするが
今度もたぶんこの出版のお方は
多分のご損をなさるだらうと思ひます
そこでまことにぶしつけながら
わたくしの敬愛するパトロン諸氏は
手紙や雑誌をお送りくだされたり
何かにいろいろお書きくださることは
気取ったやうではございますが
何とか願ひ下げいたしたいと存じます

わたくしはどこまでも孤独《こどく》を愛し
熱く湿《しめ》った感情を嫌ひますので
もし万一にもわたくしにもっと仕事をご期待なさるお方は
同人になれと云ったり
原稿のさいそくや集金郵便をお差し向けになったり
わたくしを苦しませぬやうおねがひしたいと存じます
けだしわたくしはいかにもけちなものではありますが
自分の畑も耕せば
冬はあちこちに南京《ナンキン》ぶくろをぶらさげた水稲《すいたう》肥料の設計事務所も出して
　居りまして
おれたちは大いにやらう約束しようなどいふことよりは
も少し下等な仕事で頭がいっぱいなのでございますから
さう申したとて別に何でもありませぬ
北上川《きたかみ》が一ぺん汎濫《はんらん》しますると
百万疋《びき》の鼠《ねずみ》が死ぬのでございますが

その鼠らがみんなやっぱりわたくしみたいな云ひ方を
生きてるうちは毎日いたして居りまするのでございます

二　空明と傷痍《しやうい》

顥気《かうき》の海の青びかりする底に立ち
いかにもさういふ敬虔《けいけん》な風に
一きれ白い紙巻煙草《シガーレット》を燃すことは
月のあかりやらんかんの陰画
つめたい空明への貢献である
　……ところがおれの右掌《て》の傷は
　　鋼青《かうじやう》いろの等寒線に
　　　わくわくわくわく囲まれてゐる……
しかればきみはピアノを獲《と》るの企画をやめて
かの中型のヴァイオルをこそ弾《ひ》くべきである
燦々《さんさん》として析出《せきしゆつ》される氷晶《ひようしやう》を

総身浴びるその謙虚《けんきょ》なる直立は
営利の社団　賞を懸《か》けての広告などに
きほひ出《い》づるにふさはしからぬ
　……ところがおれのてのひらからは
　血がまっ青に垂れてゐる……
月をかすめる鳥の影
電信ばしらのオルゴール*
泥岩《でいがん》を嚙《か》む水瓦斯《ガス》と
一列黒いみをつくし
　……てのひらの血は
　ぽけっとのなかで凍《こほ》りながら
　たぶんぼんやり燐光《りんくわう》をだす……
しかも結局きみがこれらの忠言を
気軽に採択《さいたく》できぬとすれば
その厳粛《げんしゅく》な教会風の直立も

気海の底の一つの焦慮《せうりよ》の工場に過ぎぬ
月賦《げつぷ》で買った緑青《ろくしやう》いろの外套《ぐわいたう》に
しめったルビーの火をともし
かすかな青いけむりをあげる
一つの焦慮の工場に過ぎぬ

一六　五　輪　峠《たうげ》*

宇部何だって？……
宇部興左エ門*？……
ずいぶん古い名前だな
　何べんも何べんも降った雪を
いつ誰《だれ》が踏み堅《かた》めたでもなしに
みちはほそぼそ林をめぐる

地主ったって
君の部落のうちだけだらう
野原の方ももってるのか
……それは部落のうちだけです……
それでは山林でもあるんだな
……十町歩もあるさうです……
それで毎日糸織を着て
ゐろりのへりできせるを叩《たた》いて
政治家きどりでゐるんだな
それは間もなく没落《ぼつらく》さ
いまだってもうマイナスだらう
　向ふは岩と松との高み
　その左にはがらんと暗いみぞれのそらがひらいてゐる
そこが二番の峠かな
まだ三つなどあるのかなあ

がらんと暗いみぞれのそらの右側に
松が幾本《いくほん》生えてゐる
藪《やぶ》が陰気にこもってゐる
なかにしょんぼり立つものは
まさしく古い五輪の塔《たふ》だ*
苔《こけ》に蒸《む》された花崗岩《みかげ》の古い五輪の塔だ

あゝこゝは
五輪の塔があるために
五輪峠といふんだな
ぼくはまた
峠がみんなで五っつあって
地輪峠水輪峠空輪峠といふのだらうと
たったいままで思ってゐた
地図ももたずに来たからな*
　そのまちがった五つの峯《みね》が

どこかの遠い雪ぞらに
　さめざめ青くひかってゐる
消えようとしてまたひかる
このわけ方はいゝんだな
物質全部を電子に帰し
電子を真空異相といへば
いまとすこしもかはらない
　宇部五右衛門が目をつむる
宇部五右衛門の意識はない
宇部五右衛門の霊《れい》もない
けれどももしも真空の
こっちの側かどこかの側で
いままで宇部五右衛門が
これはおれだと思ってゐた
さういふやうな現象が

ぽかっと万一起るとする
そこにはやっぱり類似《るいじ》のやつが
これがおれだとおもってゐる
それがたくさんあるとする
互ひにおれはおれだといふ
互ひにあれは雲だといふ
互ひにこれは土だといふ
さういふことはなくはない
そこには別の五輪の塔だ

あ何だあいつは
いま前に展《ひら》く暗いものは
まさしく北上《きたかみ》の平野である
薄墨《うすずみ》いろの雲につらなり
酵母《かうぼ》の雪に朧《おぼ》ろにされて
海と湛《たた》へる藍《あゐ》と銀との平野である

向ふの雲まで野原のやうだ
あすこらへんが水沢か
君のところはどの辺だらう
そこらの丘《をか》のかげにあたってゐるのかな
そこにさっきの宇部五右エ門が
やはりきせるを叩いてゐる
　雪がもうここにもどしどし降ってくる
　塵《ちり》のやうに灰のやうに降ってくる
　つつじやこならの灌木《くわんぼく》も
　まっくろな温石《をんじやく》いしも
　みんないっしょにまだらになる

一九　晴天恣意《しい》

つめたくうららかな蒼穹《さうきゆう》のはて
五輪峠《たうげ》の上のあたりに
白く巨《おほ》きな仏頂体が立ちますと
数字につかれたわたくしの眼は
ひとたびそれを異の空間の
高貴な塔《たふ》とも愕《おど》ろきますが
畢竟《ひつきやう》あれは水と空気の散乱系
冬には稀《まれ》な高くまばゆい積雲です
とは云へそれは再考すれば
やはり同じい大塔婆《たふば》
いたゞき八千尺にも充《み》ちる
光厳浄《げんじやう》の構成です

あの天末の青らむま下
きら、に氷と雪とを鎧《よろ》ひ
樹《き》や石塚《いしづか》の数をもち
石灰、粘板《ねんばん》、砂岩の層と、
花崗斑糲《くわかうはんれい》、蛇紋《じやもん》の諸岩、
堅《かた》く結んだ準平原は、
まこと地輪の外ならず、
水風輪は云はずもあれ、
白くまばゆい光と熱、
電、磁、その他の勢力は
アレニウス*をば俟《ま》たずして
たれか火輪をうたがはん
もし空輪を云ふべくば
これら総じて真空の
その顕現《けんげん》を超《こ》えませぬ

斯《か》くてひとたびこの構成は
五輪の塔と称すべく
秘奥《ひあう》は更《さら》に二義あって
いまはその名もはゞかるべき
高貴の塔でありますので
もしも誰《だれ》かがその樹《き》を伐り
あるいは塚をはたけにひらき
乃至《ないし》はそこらであんまりひどくイリスの花をとりますと*
かういふ青く無風の日なか
見掛《みか》けはしづかに盛《も》りあげられた
あの玉髄《ぎよくずい》の八雲のなかに
夢幻に人は連れ行かれ*
見えない数個の手によって
かゞやくそらにまっさかさまにつるされて
槍《やり》でづぶづぶ刺《さ》されたり

頭や胸を圧《お》し潰《つぶ》されて
醒《さ》めてははげしい病気になると
さうひとびとはいまも信じて恐れます
さてそのことはとにかくに
雲量計の横線を
ひるの十四の星も截《き》り
アンドロメダの連星*も
しづかに過ぎるとおもはれる
そんなにもうるほひかゞやく
碧瑠璃《へきるり》の天でありますので
いまやわたくしのまなこも冴《さ》え
ふたゝび陰気な扉《ドア》を排して
あのくしゃくしゃの数字の前に
かゞみ込《こ》まうとしますのです

〔一九〕　塩水撰《せん》・浸種《しんしゆ》

塩水撰が済んでもういちど水を張る
陸羽一三二号*
これを最後に水を切れば
穎果《えいくわ》の尖《さき》が赤褐色《せきかつしよく》で
うるうるとして水にぬれ
一つぶづつが苔《こけ》か何かの花のやう
かすかにりんごのにほひもする
笊《ざる》に顔を寄せて見れば
もう水も切れ俵にうつす
日ざしのなかの一三二号
青ぞらに電線は伸《の》び、
赤楊《はんのき》はあちこちガラスの巨《おほ》きな籠《かご》を盛《も》る、

山の尖《とが》りも氷の稜《かど》も
あんまり淡《あは》くけむってゐて
まるで光と香ばかりでできてるやう
湿田《ヒドロ》の方には
朝の氷の骸晶《がいしやう》が
まだ融《と》けないでのこってゐても
高常水車の西側から
くるみのならんだ崖《がけ》のした
地蔵堂*の巨きな杉まで
乾田《カタタ》の雪はたいてい消えて
青いすずめのてっぱう*も
空気といっしょにちらちら萌《も》える
みちはやはらかな湯気をあげ
白い割木の束をつんで
次から次と町へ行く馬のあしなみはひかり

その一つの馬の列について来た黄いろな二ひきの犬は
尾をふさふさした大きなスナップ兄弟*で
ここらの犬と、
はげしく走って好意を交《か》はす
今日を彼岸《ひがん》の了《を》りの日
雪消《ゆきげ》の水に種籾《たねもみ》をひたし
玉麩《たまぶ》を買って羹《あつもの》をつくる
こゝらの古い風習である

二五　早春独白

黒髪《くろかみ》もぬれ荷縄《になは》もぬれて
やうやくあなたが車室に来れば
ひるの電燈は雪ぞらにつき

窓のガラスはぼんやり湯気に曇《くも》ります
　……青じろい磐《いは》のあかりと
　　暗んで過ぎるひばのむら……
身丈《みたけ》にちかい木炭《すみ》すごを
地蔵菩薩《ぼさつ》の龕《がん》かなにかのやうに負ひ
山の襞《ひだ》もけぶってならび
堰堤《ダム》もごうごう激《げき》してゐた
あの山岨《やまそは》のみぞれのみちを
あなたがひとり走ってきて
この町行きの貨物電車にすがったとき
その木炭《すみ》すごの萱《かや》の根は
秋のしぐれのなかのやう
もいちど紅《あか》く燃えたのでした
　……雨はすきとほってまっすぐに降り
　　雪はしづかに舞ひおりる

妖《あや》しい春のみぞれです……
みぞれにぬれてつつましやかにあなたが立てば
ひるの電燈は雪ぞらに燃え
ぼんやり曇る窓のこっちで
あなたは赤い捺染《なっせん》ネルの一きれを
エヂプト風にかつぎにします
……氷期の巨《おほ》きな吹雪《ふぶき》の裔《すゑ》は
　ときどき町の瓦斯燈《ガスとう》を侵《をか》して
　その住民を沈静《ちんせい》にした……
わたくしの黒いしゃっぽから
つめたくあかるい雫《しづく》が降り
どんよりよどんだ雪ぐもの下に
黄いろなあかりを点じながら
電車はいっさんにはしります

六九　〔どろの木＊の下から〕

どろの木の下から
いきなり水をけたてて
月光のなかへはねあがったので
狐《きつね》かと思ったら
例の原始の水きね＊だった
横に小さな小屋もある
粟《あは》か何かを搗《つ》くのだらう
水はたうたうと落ち
ぼそぼそ青い火を噴《ふ》いて
きねはだんだん下りてゐる
水を落してまたはねあがる
きねといふより一つの舟だ

舟といふより一つのさじだ
ぼろぼろ青くまたやってゐる
どこかで鈴が鳴ってゐる
丘《をか》も峠《たうげ》もひっそりとして
そこらの草は
ねむさもやはらかさもすっかり鳥のこゝろもち
ひるなら羊歯《しだ》のやはらかな芽や
桜草《プリムラ》も咲いてゐたらう
みちの左の栗《くり》の林で囲まれた
蒼鉛《さうえん》いろの影の中に
鉤《かぎ》なりをした巨《おほ》きな家が一軒《けん》黒く建ってゐる
鈴は睡《ねむ》った馬の胸に吊《つる》され
呼吸につれてふるへるのだ
きっと馬は足を折って
蓐草《じよくさう》の上にかんばしく睡ってゐる

わたくしもまたねむりたい
どこかで鈴とおんなじに啼《な》く鳥がある
たとへばそれは青くおぼろな保護色だ
向ふの丘の影の方でも啼いてゐる
それからいくつもの月夜の峯《みね》を越《こ》えた遠くでは
風のやうに峡流《けふりう》も鳴る

七五　北上《きたかみ》山地の春

1

雪沓《ゆきぐつ》とジュートの脚絆《きやはん》
白樺《しらかば》は焔《ほのほ》をあげて
熱く酸《す》っぱい樹液《じゆえき》を噴《ふ》けば

こどもはとんびの歌をうたって
狸《たぬき》の毛皮を収穫《しうくわく》する
打製石斧《せきふ》のかたちした
柱の列は煤《すす》でひかり
高くけはしい屋根裏には
いま朝餐《てうさん》の青いけむりがいっぱいで
大迦藍《カセードラル》の穹窿《ドーム》のやうに
一本の光の棒が射《さ》してゐる
そのなまめいた光象の底
つめたい春のうまやでは
かれ草や雪の反照
明るい丘《をか》の風を恋ひ
馬が蹄《ひづめ》をごとごと鳴らす

2

浅黄と紺《こん》の羅紗《ラシャ》を着て
やなぎは蜜《みつ》の花を噴き
鳥はながれる丘丘を
馬はあやしく急いでゐる
息熱いアングロアラヴ
光って華奢《きやしや》なサラーブレッド
風の透明な楔形《せつけい》文字は
ごつごつ暗いくるみの枝に来て鳴らし
またいぬがや*や笹《ささ》をゆすれば
ふさふさ白い尾をひらめかす重挽馬《ぢゆうばんば》
あるいは巨《おほ》きなとかげのやうに
日を航海するハックニー
馬はつぎつぎあらはれて
泥灰岩《でいくわいがん》の稜《かど》を嚙《か》む
おぼろな雪融《ゆきげ》の流れをのぼり

孔雀《くじやく》の石のそらの下
にぎやかな光の市場
種馬検査所*へつれられて行く

3

かぐはしい南の風は
かげろふと青い雲滃《うんをう》を載《の》せて
なだらのくさをすべって行けば
かたくりの花もその葉の斑《まだら》も燃える*
黒い廏肥《きうひ》の籠《かご》をになって
黄や橙《だいだい》のかつぎによそひ
いちれつみんなはのぼってくる
みんなはかぐはしい丘のいたゞき近く
黄金《きん》のゴールを梢《こずゑ》につけた

大きな栗《くり》の陰影に来て
その消え残りの銀の雪から
燃える頬《ほほ》やうなじをひやす

しかもわたくしは
このかゞやかな石竹いろの時候を
第何ばん目の辛酸《しんさん》の春に数へたらいゝか

一一八　函館港春夜光景

地球照ある七日の月が、
海峡《かいけふ》の西にかかって、
岬《みさき》の黒い山々が
雲をかぶってたゝずめば、

そのうら寒い螺鈿《らでん》の雲も、
またおぞましく呼吸する
そこに喜歌劇オルフィウス風の、
赤い酒精を照明し、
妖蠱《えうこ》奇怪《きくわい》な虹《にじ》の汁《しる》をそゝいで、
春と夏とを交雑し
水と陸との市場をつくる
……………………きたわいな
つじうらはっけがきたわいな
ヲダルハコダテガスタルダイト、
ハコダテネムロインディコライト
マヲカヨコハマ船燈みどり、
フナカハロモエ汽笛《きてき》は八時
うんとそんきのはやわかり、
かいりくいっしょにわかります

海ぞこのマクロフィスティス群にもまがふ、
巨桜《きよあう》の花の梢《こずゑ》には、
いちいちに氷質の電燈を盛《も》り、
朱と蒼白《さうはく》のうっこんかうに、
海百合《うみゆり》の椀《わん》を示せば
釧路《くしろ》地引の親方連は、
まなじり遠く酒を汲《く》み、
魚の歯したワッサーマンは、
狂ほしく灯影を過ぎる
……五ぐわつはこだてこうゑんち、
　えんだんまちびとねがひごと、
　うみはうちそと日本うみ、
　れふばのあたりもわかります……
夜ぞらにふるふビオロンと銅鑼《どら》、
サミセンにもつれる笛や、

繰《く》りかへす螺のスケルツォ
あはれマドロス田谷《たや》力三《りきざう》＊は、
ひとりセビラの床屋を唱《うた》ひ、
高田正夫＊はその一党と、
紙の服着てタンゴを踊る
このとき海霧《ガス》はふたたび襲ひ
はじめは翔《か》ける火蛋白石や
やがては丘《をか》と広場をつゝみ
月長石の映《は》えする雨に
孤光《こくわう》わびしい陶磁《たうじ》とかはり、
白のテントもつめたくぬれて、
紅蟹《べにがに》まどふバナナの森を、
辛くつぶやくクラリオネット
風はバビロン柳《やなぎ》をはらひ、

またときめかす花梅《くわばい》のかをり、
青いえりしたフランス兵は
桜の枝をさゝげてわらひ
船渠会社の観桜団が
瓶《へい》をかざして広場を穫《と》れば
汽笛はふるひ犬吠《ほ》えて
地照かぐろい七日の月は
日本海の雲にかくれる

一五二　林　学　生

ラクムス青《ブラウ》＊の風だといふ
シャツも手帳も染まるといふ
おゝ高雅《かうが》なるこれらの花藪《やぶ》と火山塊《くわい》との配列よ

ぼくはふたたびここを訪《おとな》ひ
見取りをつくっておかうといふ
さうだかへってあとがいい
藪に花なぞない方が、
いろいろ緑《グリーン》の段階《ステーヂ》で
船来《はくらい》風の粋《いき》だといふ
いゝやぼくのは画《ゑ》ぢゃないよ
あとでどこかの大公園に、
そっくり使ふ平面図だよ
うわあ測量するのかい
そいつの助手はごめんだよ
もちろんたのみはしないといふ
東の青い山地の上で
何か巨《おほ》きなかけがねをかふ音がした
それは騎《き》兵《へい》の演習だらう

いやさうでない盛岡駅の機関庫さ
そんなもんではぜんぜんない
すべてかういふ高みでは
かならずなにかあゝいふふうの、
得体のしれない音をきく
それは一箇の神秘だよ
神秘でないよ気圧だよ
気圧でないよ耳鳴りさ
みんないっしょに耳鳴りか
もいちど鳴るといゝなといふ
センチメンタル！　葉笛《はぶえ》を吹くな
えゝシューベルトのセレナーデ
これから独奏なさいます
やかましいやかましいやかましいい
その葉をだいじにしまっておいて

晩頂上で吹けといふ
先生先生山地の上の重たいもやのうしろから
赤く潰《つぶ》れたをかしなものが昇《で》てくるといふ
（それは潰れた赤い信頼！
　天台、ジェームス*その他によれば！）
ここらの空気はまるで鉛糖溶液です
それにうしろも三合目まで
たゞまっ白な雲の澱《よど》みにかはってゐます
月がおぼろな赤いひかりを送ってよこし
遠くで柏《かしは》が鳴るといふ
月のひかりがまるで掬《すく》って呑《の》めさうだ
それから先生、鷹《たか》がどこかで磬《けい》を叩《たた》いてゐますといふ
（ああさうですか　鷹が磬など叩くとしたら
　どてらを着てゐて叩くでせうね）
鷹ではないよ　くひなだよ

くひなでないよ　しぎだよといふ
月はだんだん明るくなり
羊歯《しだ》ははがねになるといふ
みかげの山も粘板岩《ねんばんがん》の高原も
もうとっぷりと暮れたといふ
ああこの風はすなはちぼく、
且《か》つまたぼくが、
ながれる青い単斜《たんしや》のタッチの一片といふ
（しかも　月《ルーノ》よ
　あなたの鈍《にぶ》い銅線の
　二三はひとももって居《を》ります）
あっちでもこっちでも
鳥はしづかに叩くといふ

一五六　〔この森を通りぬければ〕

この森を通りぬければ
みちはさっきの水車へもどる
鳥がぎらぎら啼《な》いてゐる
たしか渡りのつぐみの群だ
夜どほし銀河の南のはじが
白く光って爆発《ばくはつ》したり
蛍《ほたる》があんまり流れたり
おまけに風がひっきりなしに樹《き》をゆするので
鳥は落ちついて睡《ねむ》られず
あんなにひどくさわぐのだらう
けれども
わたくしが一あし林のなかにはひったばかりで

こんなにはげしく
こんなに一そうはげしく
まるでにはか雨のやうになくのは
何といふをかしなやつらだらう
ここは大きなひばの林で
そのまっ黒ないちいちの枝から
あちこち空のきれぎれが
いろいろにふるへたり呼吸したり
云はばあらゆる年代の
光の目録《カタログ》を送ってくる
……鳥があんまりさわぐので
私はぼんやり立ってゐる……
みちはほのじろく向ふへながれ
一つの木立の窪《くぼ》みから
赤く濁《にご》った火星がのぼり

鳥は二羽だけいつかこっそりやって来て
何か冴《さ》え冴《ざ》え軋《きし》って行った
あゝ風が吹《ふ》いてあたたかさや銀の分子《モリキル》
あらゆる四面体の感触《かんしょく》を送り
蛍が一そう乱れて飛べば
鳥は雨よりしげくなき
わたくしは死んだ妹の声を
林のはてのはてからきく
……それはもうさうでなくても
誰《だれ》でもおなじことなのだから
またあたらしく考へ直すこともない……
草のいきれとひのきのにほひ
鳥はまた一そうひどくさわぎだす
どうしてそんなにさわぐのか
田に水を引く人たちが

抜き足をして林のへりをあるいても
南のそらで星がたびたび流れても
べつにあぶないことはない
しづかに睡ってかまはないのだ

一五八　〔北上川は熒気《けいき》をながしィ〕*

（北上川は熒気をながしィ
　山はまひるの思《し》睡《すい》を翳《かざ》す）
　　南の松の林から
　なにかかすかな黄いろのけむり
（こっちのみちがいゝぢゃあないの）
（をかしな鳥があすこに居《ゐ》る！）
（どれだい）

稲草が魔法《まはふ》使ひの眼鏡で見たといふふうで
天があかるい孔雀《くじやく》石板で張られてゐるこのひなか
川を見おろす高圧線に
　まこと思案のその鳥です
(ははあ、あいつはかはせみだ
翡翠《かはせみ》さ　めだまの赤い
あゝミチア、今日もずいぶん暑いねえ)
(何よ　ミチアって)
(あいつの名だよ
ミの字はせなかのなめらかさ
チの字はくちのとがった工合
アの字はつまり愛称だな)
(マリアのアの字も愛称なの?)
(ははは、来たな
聖母はしかくののしりて

クリスマスをば待ちたまふだ)
(クリスマスなら毎日だわ
受難日だって毎日だわ
あたらしいクリストは
千人だってきかないから
万人だってきかないから)
(ははあ　こいつは……)
まだ魚狗《かはせみ》はじっとして
川の青さをにらんでゐます
(……ではこんなのはどうだらう
あたいの兄貴はやくざもの　と)
(それなによ)
(まあ待って
あたいの兄貴はやくざものと
あしが弱くてあるきもできずと

口をひらいて飛ぶのが手柄《てがら》
名前を夜鷹《よだか》と申します）
（おもしろいわ　それなによ）
（まあ待って
それにおととも卑怯《ひけふ》もの
花をまはってミーミー鳴いて
蜜《みつ》を吸ふのが……えゝと、蜜を吸ふのが……）
（得意です？）
（いや）
（何より自慢《じまん》？）
（いや、えゝと
蜜を吸ふのが日永の仕事
蜂《はち》の雀《すずめ》と申します）
（おもしろいわ　それ何よ？）
（あたいといふのが誰《だれ》だとおもふ？）

（わからないわ）
（あすこにとまっていらっしゃる
目のりんとしたお嬢《ぢやう》さん）
（かはせみ？）
（まあそのへん）
（よだかがあれの兄貴なの？）
（さうだとさ）
（蜂雀かが弟なの）
（さうだとさ
第一それは女学校だかどこだかの
おまへの本にあったんだぜ）
（知らないわ）
　さてもこんどは獅子《しし》独活《うど》の
　月光いろの繖形花《さんけいくわ》から
びろうどこがねが一聯隊《れんたい》

　青ぞら高く舞ひ立ちます
（まあ大きなバッタカップ！）
（ねえあれつきみさうだねえ）
（はははは）
（学名は何ていふのよ）
（学名なんかうるさいだらう）
（だって普通のことばでは
　属やなにかも知れないわ）
（エノテララマーキアナ何とかっていふんだ）*
（ではラマークの発見だわね）
（発見にしちゃなりがすこうし大きいぞ）
　燕麦《えんばく》の白い鈴の上を
　へらさぎ二疋《ひき》わたってきます
（どこかですももを灼《や》いてるわ）
（あすこの松の林のなかで

木炭《すみ》かなんかを焼いてるよ）
（木炭窯《がま》ぢゃない瓦窯《かはら》だよ）
（瓦窯《や》くとこ見てもい丶？）
（い丶だらう）

林のなかは淡《あは》いけむりと光の棒
窯の奥《おく》には火がまっしろで
屋根では一羽
ひよがしきりに叫《さけ》んでゐます
（まああたし
ラマーキアナの花粉でいっぱいだわ）
　イリスの花はしづかに燃える

一六六　薤《かい》　露《ろ》*　青

みをつくしの列をなつかしくうかべ
薤露青の聖《きよ》らかな空明のなかを
たえずさびしく湧《わ》き鳴りながら
よもすがら南十字へながれる水よ
岸のまっくろなくるみばやしのなかでは
いま膨大《ばうだい》なわかちがたい夜の呼吸から
銀の分子が析出《せきしゆつ》される
　……みをつくしの影はうつくしく水にうつり
　　プリオシンコースト*に反射して崩《くづ》れてくる波は
　　ときどきかすかな燐光《りんくわう》をなげる……
橋板や空がいきなりいままた明るくなるのは
この旱天《かんてん》のどこからかくるいなびかりらしい

水よわたくしの胸いっぱいの
やり場所のないかなしさを
はるかなマヂェランの星雲へとゞけてくれ
そこには赤いいさり火がゆらぎ
蝎《さそり》がうす雲の上を這《は》ふ
……たえず企画したえずかなしみ
たえず窮乏《きゆうばふ》をつゞけながら
どこまでもながれて行くもの……
この星の夜の大河の欄干《らんかん》はもう朽《く》ちた
わたくしはまた西のわづかな薄明《はくめい》の残りや
うすい血紅瑪瑙《けつこうめなう》をのぞみ
しづかな鱗《うろこ》の呼吸をきく
……なつかしい夢《ゆめ》のみをつくし……

声のいゝ製糸場の工女たちが

わたくしをあざけるやうに歌って行けば
そのなかにはわたくしの亡《な》くなった妹の声が
たしかに二つも入ってゐる
……あの力いっぱいに
　細い弱いのどからうたふ女の声だ……
杉ばやしの上がいままた明るくなるのは
そこから月が出ようとしてゐるので
鳥はしきりにさわいでゐる
……みをつくしらは夢の兵隊*……
南からまた電光がひらめけば
さかなはアセチレンの匂《にほひ》をはく
水は銀河の投影《とうえい》のやうに地平線までながれ
灰いろはがねのそらの環
……あゝ　いとしくおもふものが
　そのまゝどこへ行ってしまったかわからないことが

なんといふい丶ことだらう……
かなしさは空明から降り
黒い鳥の鋭《するど》く過《よ》ぎるころ
秋の鮎《あゆ》のさびの模様が
そらに白く数条わたる

一七九　〔北いっぱいの星ぞらに〕

北いっぱいの星ぞらに
ぎざぎざ黒い嶺線が
手にとるやうに浮いてゐて
幾《いく》すぢ白いパラフヰンを
つぎからつぎと噴《ふ》いてゐる
　そこにもくもく月光を吸ふ

　蒼《あを》くくすんだ海綿体《カステーラ》
萱野《かやの》十里もをはりになって
月はあかるく右手の谷に南中し
みちは一すぢしらしらとして
椈《ぶな》の林にはひらうとする
　……あちこち白い楢《なら》の木立と
　　降るやうな虫のジロフォン……
　橙《だいだい》いろと緑との
花粉ぐらゐの小さな星が
互《たがひ》にさゝやきかはすがやうに
黒い露岩《ろがん》の向ふに沈み
山はつぎつぎそのでこぼこの嶺線から
パラフヰンの紐《ひも》をとばしたり
突然銀の挨拶《あいさつ》を
上流《かみ》の仲間に抛《な》げかけたり

＊
Astilbe argentium
Astilbe platinicum
いちいちの草穂《くさぼ》の影さへ落ちる
この清澄《せいちよう》な昧爽《まいさう》ちかく
あ、東方の普賢菩薩《ふげんぼさつ》よ
微《かす》かに神威《しんゐ》を垂れ給《たま》ひ
曾《か》つて説かれし華厳《けごん》のなか
仏界形円きもの
形花台の如きもの
覚者の意志に住するもの
衆生《しゆじやう》の業《ごふ》にしたがふもの
この星ぞらに指し給へ
……点々白い伐株《きりかぶ》と
まがりくねった二本のかつら……
ひとすぢ蜘蛛《くも》の糸ながれ

ひらめく萱や
月はいたやの梢《こずゑ》にくだけ*
木影の窪《くぼ》んで鉛の網を
わくらばのやうに飛ぶ蛾《が》もある

三〇四　〔落葉松《らくえふしよう》の方陣は〕*

落葉松の方陣は
せいせい水を吸ひあげて
ピネンも噴《ふ》きリモネンも吐き酸素もふく
ところが栗《くり》の木立の方は
まづ一とほり酸素と水の蒸気を噴いて
あとはたくさん青いランプを吊《つる》すだけ
……林いっぱい蚼蜂《すがる》*のふるひ……

いづれにしてもこのへんは
半蔭地《ハーフシエード》の標本なので
羊歯《しだ》類などの培養《ばいやう》には
申しぶんない条件ぞろひ
……ひかって華奢《きやしや》にひるがへるのは何鳥だ……
水いろのそら白い雲
すっかりアカシヤづくりになった
……こんどは蟬《せみ》の瓦斯発動機《ガスエンヂン》が林をめぐり
日は青いモザイクになって揺《ゆら》めく……
鳥はどこかで
青じろい尖舌《シタ》を出すことをかんがへてるぞ
　（おお栗樹《カスタネア》*　花謝《お》ちし
　　なれをあさみてなにかせん）
……ても古くさいスペクトル！
飾禾草《オーナメンタルグラス》の穂《ほ》！……

風がにはかに吹きだすと
暗い虹《にじ》だの顫《ふる》へるなみが
息もつけなくなるくらゐ
そこらいっぱいひかり出す
それはちひさな蜘蛛《くも》の巣《す》だ
半透明《はんとうめい》な緑の蜘蛛が
森いっぱいにミクロトームを装置して
虫のくるのを待ってゐる
にもかゝはらず虫はどんどん飛んでゐる
あのありふれた百が単位の羽虫の輩が
みんな小さな弧光燈《アークライト》といふやうに
さかさになったり斜めになったり
自由自在に一生けんめい飛んでゐる
それもああまで本気に飛べば
公算論のいかものなどは

もう誰にしろ持ち出せない
むしろ情に富むものは
一ぴきごとに伝記を書くといふかもしれん
（お、栗樹《カスタネア》　花去りて
　その実はなほし杳《はる》かなり）
鳥がどこかで
また青じろい尖舌《シタ》を出す

三一三　産業組合青年会

祀《まつ》られざるも神には神の身土があると
あざけるやうなうつろな声で
さう云《い》ったのはいったい誰《だれ》だ　席をわたったそれは誰だ
……雪をはらんだつめたい雨が

　闇《やみ》をぴしぴし縫《ぬ》ってゐる……
まことの道は
誰が云ったの行ったの
さういふ風のものでない
祭祀《さいし》の有無を是非するならば
卑賤《ひせん》の神のその名にさへもふさはぬと
応《こた》へたものはいったい何だ　いきまき応へたそれは何だ
……ときどき遠いわだちの跡《あと》で
　水がかすかにひかるのは
　東に畳《たた》む夜中の雲の
　わづかに青い燐光《りんくわう》による……
部落部落の小組合が
ハムをつくり羊毛を織り医薬を頒《わか》ち
村ごとのまたその聯合《れんがふ》の大きなものが
山地の肩《かた》をひととこ砕《くだ》いて

石灰岩末《せきくわい》の幾千車《いくせん》かを
酸《す》えた野原にそゝいだり
ゴムから靴《くつ》を鋳《い》たりもしよう
……くろく沈《しづ》んだ並木《なみき》のはてで
見えるともない遠くの町が
ぼんやり赤い火照《ほて》りをあげる……
しかもこれら熱誠有為《いうゐ》な村々の処士会同の夜半
祀られざるも神には神の身土があると
老いて呟《つぶや》くそれは誰だ

三一四　〔夜の湿気《しつき》と風がさびしくいりまじり〕

夜の湿気と風がさびしくいりまじり
松ややなぎの林はくろく

そらには暗い業《ごふ》の花びらがいっぱいで
わたくしは神々の名を録したことから
はげしく寒くふるへてゐる

三二九　〔野馬がかってにこさへたみちと〕*

野馬がかってにこさへたみちと
ほんとのみちとわかるかね？
なるほどおほばこセンホイン*
その実物もたしかかね？
おんなじ型の黄いろな丘《をか》を
ずんずん数へて来れるかね？

その地図にある防火線とさ
あとからできた防火線とがどうしてわかる？
泥炭層《でいたん》の伏流《ふくりう》が
どういふものか承知かね？
それで結局迷ってしまふ
そのとき磁石の方角だけで
まっ赤に枯れた柏《かしは》のなかや
うつぎ＊やばらの大きな藪《やぶ》を
どんどん走って来れるかね？
そしてたうとう日が暮れて
みぞれが降るかもしれないが

どうだそれでもでかけるか？
はあ　さうか

三三〇　〔うとうとするとひやりとくる〕*

（うとうとするとひやりとくる）
（かげろふがみな横なぎですよ）
（斧劈皺《ふへきしゆん》*雪置く山となりにけりだ）
（大人昨夜眠熟せしや）
（唯《ヤー》とや云はん否《ナイン》とやいはん）
（夜半の雹雷《ひようらい》知りたまへるや）
（雷《らい》をば覚《さと》らず喃語《なんご》は聴《き》けり）
（何でせうメチール入りの葡萄《ぶだう》酒もって

寅松宵に行ったでせう)
(おまけにちゃんと徳利《とくり》へ入れて
ほやほや燗《かん》をつけてゐた
だがメチルではなかったやうだ)
・(いやアルコールを獣医《じうい》とかから
何十何べん買ふさうです
寅松なかなかやりますからな)
(湧水にでも行ったらうか)
(柏《かしは》のかげに寝てますよ)
(しかし午前はよくうごいたぞ
標石十も埋めたからな)
(寅松どうも何ですよ
ひとみ黄いろのくはしめなんて
ぼくらが毎日云ったので
刺戟《しげき》を受けたらしいんです)

（そいつはちょっとどうだらう）
（もっともゲルベアウゲ*の方も
いっぺん身売りにきまったとこを
やっとああしてゐるさうですが）
（あんまり馬が廉《やす》いもなあ）
（ばあさんもゆふべきのこを焼いて
ぼくにいろいろ口説いたですよ
何ぼ何食って育《おが》ったからって
あんまりむごいはなしだなんて）
（でも寅松へ嫁《や》るんだらう）
（さあ寅松へどうですか
野馬をわざと畑へ入れて
放牧主へ文句をつけたことなどを
ばあさん云ってゐましたからね）
（それでは嫁る気もないんだな）

(キャベヂの湯煮にも飽《あ》きましたなあ)
(都にこそは待ちたまふらん)
(それはそっちのことでせう
ご機嫌《きげん》いかゞとあったでせう)
(安息す鈴蘭《すずらん》の蓐《しとね》だ)
(さあれその蓐古びて黄なりです)
(山嶺既《さんれいすで》に愷々《がいがい》)
(天蓋《てんがい》朱黄燃ゆるは如何《いかん》)
(爪哇《ジャワ》の僭王胡瓜《せんわうきうり》を啖《くら》ふ)
(誰《たれ》か王位を微風《びふう》に承《う》けん)
(アダヂオは弦《げん》にはじまる)
(柏影霜葉喃語《はくえいさうえふ》を棄《す》てず)
(冠毛燈《くわんもう》！　ドラモンド光！)

三三八　異途への出発

月の惑みと
巨《おほ》きな雪の盤とのなかに
あてなくひとり下り立てば
あしもとは軋《きし》り
寒冷でまっくろな空虚は
がらんと額に臨《のぞ》んでゐる
　……楽手たちは蒼《あを》ざめて死に
　　嬰児《えいじ》は水いろのもやにうまれた……
尖《とが》った青い燐光《りんくわう》が
いちめんそこらの雪を縫《ぬ》って
せはしく浮いたり沈んだり
しんしんと風を集積する

……ああアカシヤの黒い列……
みんなに義理をかいてまで
こんや旅だつこのみちも
じつはたゞしいものでなく
誰《だれ》のためにもならないのだと
いままでにしろわかってゐて
それでどうにもならないのだ
……底びかりする水晶天《すいしやう》の
一ひら白い裂罅《ひび》のあと……
雪が一そうまたたいて
そこらを海よりさびしくする

三四三　暁穹《げうきゆう》への嫉妬《しつと》＊

薔薇輝石《ばらきせき》や雪のエッセンスを集めて、
ひかりけだかくかゞやきながら
その清麗《せいれい》なサファイア風の惑星＊を
溶《と》かさうとするあけがたのそら
さっきはみちは渚《なぎさ》をつたひ
波もねむたくゆれてゐたとき
星はあやしく澄《す》みわたり
過冷な天の水そこで
青い合図《wink》をいくたびいくつも投げてゐた
それなのにいま
（ところがあいつはまん円なもんで
リングもあれば月も七っつもってゐる

第一あんなもの生きてもゐないし
まあ行って見ろごそごそだぞ）と
草刈《くさかり》が云《い》ったとしても
ぼくがあいつを恋するために
このうつくしいあけぞらを
変な顔して　見てゐることは変らない
変らないどこかそんなことなど云はれると
いよいよぼくはどうしてい丶かわからなくなる
……雪をかぶったはひびゃくしんと*
　百の岬《みさき》がいま明ける
　万葉風の青海原よ……
滅《ほろ》びる鳥の種族のやうに
星はもいちどひるがへる

三五六　旅程幻想

さびしい不漁と旱害《かんがい》のあとを
海に沿ふ
いくつもの峠《たうげ》を越《こ》えたり
萱《かや》の野原を通ったりして
ひとりここまで来たのだけれども
いまこの荒《あ》れた河原の砂の、
うす陽《び》のなかにまどろめば、
肩《かた》またせなのうら寒く
何か不安なこの感じは
たしかしまひの硅板岩の峠の上で
放牧用の木柵《もくさく》の
楢《なら》の扉《とびら》を開けたまゝ、

みちを急いだためらしく
そこの光ってつめたいそらや
やどり木のある栗《くり》の木なども眼にうかぶ
その川上の幾重《いくへ》の雲と
つめたい日射《ひざ》しの格子《かうし》のなかで
何か知らない巨《おほ》きな鳥が
かすかにごろごろ鳴いてゐる

四〇一　氷質の冗談

職員諸兄《しよけい》　学校がもう砂漠のなかに来てますぞ
杉の林がペルシャなつめに変ってしまひ
はたけも藪《やぶ》もなくなって
そこらはいちめん氷凍された砂けむりです

白淵先生＊　北緯《ほくゐ》三十九度辺まで
アラビヤ魔神《まじん》が出て来ますのに
大本山からなんにもお触《ふ》れがなかったですか
さっきわれわれが教室から帰ったときは
そこらは賑《にぎ》やかな空気の祭
青くかゞやく天の椀《わん》から
ねむや鵞鳥《がてう》の花も胸毛も降ってゐました
それからあなたが進度表などお綴《と》ぢになり
わたくしが火をたきつけてゐたそのひまに
あの妖質《えうしつ》のみづうみが
ぎらぎらひかってよどんだのです
えゝ　さうなんです
もしわたくしがあなたの方の管長ならば
こんなときこそ布教使がたを＊
みんな巨《おほ》きな駱駝《らくだ》に乗せて

あのほのじろくあえかな霧《きり》のイリデスセンス＊
蛋白石《たんぱく》のけむりのなかに
もうどこまでもだしてやります
そんな沙漠の漂《ただよ》ふ大きな虚像のなかを
あるいはひとり
あるいは兵士や隊商連のなかまに入れて
熱く息づくらくだのせなの革嚢《かはぶくろ》に
世界の辛苦《しんく》を一杯《いっぱい》につめ
極地の海に堅《かた》く封《ふう》じて沈めることを命じます
そしたらたぶん　それは強力な竜《りゅう》にかはって
地球一めんはげしい雹《ひょう》を降らすでせう
そのときわたくし管長は
東京の中本山の玻璃《はり》台にろ頂部だけをてかてか剃《そ》って
九条のけさをかけて立ち
二人の侍者に香炉《かうろ》と白い百合《ゆり》の花とをさゝげさせ

空を仰《あふ》いでごくおもむろに
竜をなだめる二行の迦陀《かだ》*をつくります
いやごらんなさい
たうとう新聞記者がやってきました

四一一　未来圏からの影

吹雪《フキ》はひどいし
けふもすさまじい落磐《らくばん》
……どうしてあんなにひっきりなし
　凍《こほ》った汽笛《フエ》を鳴らすのか……
影や恐ろしいけむりのなかから
蒼《あを》ざめてひとがよろよろあらはれる
それは氷の未来圏からなげられた

戦慄《せんりつ》すべきおれの影だ

五〇八　発　電　所*

鈍《にぶ》った雪をあちこち載《の》せる
鉄やギャブロ*の峯《みね》の脚《あし》
二十日の月の錫《すず》のあかりを
わづかに赤い落水管と
ガラスづくりの発電室と
……また余水吐の青じろい滝《たき》……
くろい蝸牛水車《スネールタービン》で
早くも春の雷気を鳴らし
鞘翅発電機《ダイナモコレオプテラ》をもって
愴たる夜中のねむけをふるはせ

むら気な十の電圧計や
もっと多情な電流計で
鉛直フズリナ配電盤に
交通地図の模型をつくり
大トランスの六つから
三万ボルトのけいれんを
塔《たふ》の初号に連結すれば
幾列《いくれつ》の清冽《せいれつ》な電燈は
青じろい風や川をわたり
まっ黒な工場の夜の屋根から
赤い傘《かさ》、火花の雲を噴《ふ》きあげる

三三三　遠足統率

もうご自由に
ゆっくりごらんくださいと
大ていそんなところです
　そこには四本巨《おほ》きな白楊《ドロ》が
　かがやかに日を分劃《ぶんくわく》し
　わづかに風にゆれながら
　ぶつぶつ硫黄《いわう》の粒《つぶ》を噴《ふ》く
前にはいちいち案内もだし
博物館もありましたし
ひじゃうに待遇《たいぐう》したもんですが
まい年どしどし押《お》しかける
みんなはまるで無表情
向ふにしてもたまらんですな
　せいせいと東北東の風がふいて
　イーハトーヴの死火山は

　斧劈《ふへき》の皺《しわ》を示してかすみ
　禾草がいちめんぎらぎらひかる
いつかも騎兵《きへい》の斥候《せきこう》が
秣畑《まぐさばたけ》をあるいたので
誰《だれ》かがちょっととがめたら
その次の日か一旅団
もうのしのしとやってきて
大演習をしたさうです
　　鶯《うぐひす》がないて
　花樹はときいろの焔《ほのほ》をあげ
　から松の一聯隊《れんたい》は
　青く荒《す》さんではるかに消える
え丶もうけしきはい丶とこですが
冬に空気が乾《かわ》くので
健康地ではないさうです

中学校の寄宿舎へ
ここから三人来てゐましたが
こどものときの肺炎《はいえん》で
みな演説をしませんでした
　七つ森ではつゝどりどもが
　いまごろ寝ぼけた機関銃
　こんどは一ぴき鷺が
　青い折線のグラフをつくる
あゝやって来たやっぱりひとり
まあご随意《ずいい》といふ方らしい
あ誰だ
電線へ石投げたのは
　くらい羊舎のなかからは
　顔ぢゅう針のささったやうな
　巨きな犬がうなってくるし

井戸では紺《こん》の滑車《くわつしや》が軋《きし》り
蜜蜂《みつばち》がまたぐゎんぐゎん鳴る
（イーハトーヴの死火山よ
その水いろとかゞやく銀との襞《ひだ》ををさめよ）

三三七　国立公園候補地に関する意見

どうですか　この鎔岩《ようがん》流＊は
殺風景なもんですなあ
噴《ふ》き出してから何年たつかは知りませんが
かう日が照ると空気の渦《うづ》がぐらぐらたって
まるで大きな鍋《なべ》ですな
いたゞきの雪もあをあを煮《に》えさうです
まあパンをおあがりなさい

いったいこゝをどういふわけで、
国立公園候補地に
みんなが運動せんですか
いや可能性
それは充分《じゆうぶん》ありますよ
もちろん山をぜんたいです
うしろの方の火口湖　温泉　もちろんですな
鞍掛山《くらかけやま》もむろんです
ぜんたい鞍掛山はです
Ur-Iwate とも申すべく
大地獄《おほぢごく》よりまだ前の
大きな火口のへりですからな
さうしてこゝは特に地獄にこしらへる
愛嬌《あいけう》たっぷり東洋風にやるですな
鎗《やり》のかたちの赤い柵《さく》

枯木《かれき》を凄《すご》くあしらひまして
あちこち花を植ゑますな
花といってもなんですな
きちがひなすび　まむしさう
それから黒いとりかぶとなど、
とにかく悪くやることですな
さうして置いて、
世界中から集った
猾《ず》るいやつらや悪どいやつの
頭をみんな剃《そ》ってやり
あちこち石で門を組む
死出《しで》の山路のほととぎす
三途《さんづ》の川のかちわたし
六道の辻《つじ》
えんまの庁から胎内《たいない》くぐり

はだしでぐるぐるひっぱりまはし
それで罪障消滅として
天国行きのにせ免状《めんじやう》を売りつける
しまひはそこの三つ森山*で
交響楽《かうきやうがく》をやりますな
第一楽章　アレグロブリオははねるがごとく
第二楽章　アンダンテやゝうなるがごとく
第三楽章　なげくがごとく
第四楽章　死の気持ち
よくあるとほりはじめは大へんかなしくて
それからだんだん歓喜になって
最後は山のこっちの方へ
野砲《やはう》を二門かくして置いて
電気でずどんと実弾《じつだん》をやる
Aワン*だなと思ったときは

もうほんものの三途の川へ行ってるですな
ところがこゝで予習をつんでゐますから
誰もすこしもまごつかない　またわたくしもまごつかない
さあパンをおあがりなさい
向ふの山は七時雨
陶器《たうき》に描いた藍《あゐ》の絵で
あいつがつまり背景ですな

三六九　岩手軽便《けいべん》鉄道*　七月（ジャズ）

ぎざぎざの斑糲《はんれい》岩の岨《そば》づたひ
膠質《かうしつ》のつめたい波をながす
北上《きたかみ》第七支流*の岸を
せはしく顫《ふる》へたびたびひどくはねあがり

まっしぐらに西の野原に奔《か》けおりる
岩手軽便鉄道の
今日の終りの列車である
ことさらにまぶしさうな眼つきをして
夏らしいラヴスィンをつくらうが
うつうつとしてイリドスミン＊の鉱床《くわうしやう》などを考へようが
木影もすべり
種山あたり雷《かみなり》の微塵《みぢん》をかがやかし
列車はごうごう走ってゆく
おほまつよひぐさの群落や
イリスの青い火のなかを
狂気《きやうき》のやうに踊《をど》りながら
第三紀末の紅《あか》い巨礫《きよれき》層の截《き》り割りでも
ディアラヂット＊の崖《がけ》みちでも
一つや二つ岩が線路にこぼれてようと

積雲が灼《や》けようと崩《くづ》れようと
こちらは全線の終列車
シグナルもタブレットもあったもんでなく
とび乗りのできないやつは乗せないし
とび降りぐらゐやれないものは
もうどこまでも連れて行って
北極あたりの大避暑市《だいひしよ》でおろしたり
銀河の発電所や西のちぢれた鉛《なまり》の雲の鉱山あたり
ふしぎな仕事に案内したり
谷間の風も白い火花もごっちゃごちゃ
接吻《キス》をしようと詐欺《さぎ》をやらうと
ごとごとぶるぶるゆれて顫へる窓の玻璃《ガラス》
二町五町の山ばたも
壊《こは》れかかった香魚《あゆ》やなも
どんどんうしろへ飛ばしてしまって

ただ一さんに野原をさしてかけおりる
　本社の西行各列車は
　運行敢《あへ》て軌《き》によらざれば
　振動けだし常ならず
　されどまたよく鬱血《うつけつ》をもみさげ
　……Prrrr Pirr!……
　心肝《しんかん》をもみほごすが故《ゆゑ》に
　のぼせ性こり性の人に効あり
さうだやっぱりイリドスミンや白金鉱区《やま》の目論見《もくろみ》は
鉱染《くわうせん》よりは砂鉱の方でたてるのだった
それとももいちど阿原 峠《たうげ》*や江《え》刺堺《さしざかひ》を洗ってみるか
いいやあっちは到底《たうてい》おれの根気の外だと考へようが
恋はやさし野べの花よ*
一生わたくしかはりませんと
騎士《きし》の誓約《せいやく》強いベースで鳴りひびかうが

そいつもこいつもみんな地塊《ちくわい》の夏の泡《あわ》
いるかのやうに踊りながらはねあがりながら
もう積雲の焦《こ》げたトンネルも通り抜け
緑青《ろくしやう》を吐く松の林も
続々うしろへたたんでしまつて
なほいつしんに野原をさしてかけおりる
わが親愛なる布佐機関手*が運転する
岩手軽便鉄道の
最後の下り列車である

三七二　渓《たに》にて

うしろでは滝《たき》が黄いろになつて
どんどん弧度《こど》を増してゐるし

むじな色の雲は
谷いっぱいのいたやの脚《あし》をもう半分まで降りてゐる
しかもこゝだけ
ちゃうど直径一米《メートル》
雲から掘り下げた石油井戸ともいふ風に
ひどく明るくて玲瓏《れいろう》として
雫《しづく》にぬれたしらねあふひやぜんまいや
いろいろの葉が青びかりして
風にぶるぶるふるへてゐる
早くもぴしゃっといなびかり
立派に青じろい大静脈のかたちである
さあ鳴りだした
そこらの蛇紋《じゃもん》岩橄欖《かんらん》岩みんなびりびりやりだした
よくまあこゝらのいたやの木が
こんなにがりがり鳴るなかで

ぽたりと雫を落したり
じっと立ったりしてゐるもんだ
早く走って下りないと
下流でわたって行けなくなってしまひさう
けれどもさういふいたやの下は
みな黒緑のいぬがやで
それに谷中申し分ないゝ石ばかり
何たるうつくしい漢画的装景《さうけい》であるか
もっとこゝらでかんかんとして
山気なり嵐気《らんき》なり吸ってゐるには
なかなか精神的修養などではだめであって
まづ肺炎《はいえん》とか漆《うるし》かぶれとかにプルーフな
頑健《ぐわんけん》な身体が要《い》るのである
それにしても
うすむらさきにべにいろなのを

こんなにまっかうから叩《たた》きつけて
素人《しろうと》をおどすといふのは
誰《だれ》の仕事にしてもいゝ事でないな

三七五　山の晨明《しんめい》に関する童話風の構想

つめたいゼラチンの霧《きり》もあるし
桃いろに燃える電気菓子もある
またはひまつの緑茶をつけたカステーラや
なめらかでやにっこい緑や茶いろの蛇紋岩《じやもん》
むかし風の金米糖《こんぺいたう》でも
wavellite＊の牛酪《バター》でも
またこめつが＊は青いザラメでできてゐて
さきにはみんな

大きな乾葡萄《レジン》がついてゐる
みやまういきゃうの香料《かうれう》から
蜜《みつ》やさまざまのエッセンス
そこには碧眼《へきがん》の蜂《はち》も顫《ふる》へる
さうしてどうだ
風が吹くと　風が吹くと
傾斜《けいしや》になったいちめんの釣鐘草《ブリユーベル》の花に
かゞやかに　かがやかに
またうつくしく露《つゆ》がきらめき
わたくしもどこかへ行ってしまひさうになる……
蒼《あを》く湛《たた》へるイーハトーボのこどもたち
みんなでいっしょにこの天上の
飾《かざ》られた食卓《しよくたく》に着かうでないか
たのしく燃えてこの聖餐《せいさん》をとらうでないか
そんならわたくしもたしかに食ってゐるのかといふと

ぼくはさっきからこゝらのつめたく濃い霧《こ》のジェリーを
のどをならしてのんだり食ったりしてるのだ
ぼくはじっさい悪魔《あくま》のやうに
きれいなものなら岩でもなんでもたべるのだ
おまけにいまにあすこの岩の格子《かうし》から
まるで恐ろしくぎらぎら熔《と》けた
黄金《きん》の輪宝《くるま》がのぼってくるか
それともそれが巨《おほ》きな銀のランプになって
白い雲の中をころがるか
どっちにしても見ものなのだ
お、青く展《ひろ》がるイーハトーボのこどもたち
グリムやアンデルゼンを読んでしまったら
じぶんでがまのはむばきを編み
経木《きやうぎ》の白い帽子《ぼうし》を買って
この底なしの蒼い空気の淵《ふち》に立つ

巨きな菓子の塔《たふ》を攀《よ》ぢよう

三八三　鬼　言（幻聴《げんちやう》）

三十六号！
左の眼は三！
右の眼は六！
斑《ぶち》石をつかってやれ

三八四　告　別

おまへのバスの三連音が
どんなぐあひに鳴ってゐたかを

おそらくおまへはわかってゐまい
その純朴《じゆんぼく》さ希《のぞ》みに充《み》ちたたのしさは
ほとんどおれを草葉のやうに顫《ふる》はせた
もしもおまへがそれらの音の特性や
立派な無数の順列を
はっきり知って自由にいつでも使へるならば
おまへは辛《つら》くてそしてかゞやく天の仕事もするだらう
泰西《たいせい》著名の楽人たちが
幼齢弦《げん》や鍵器をとって
すでに一家をなしたがやうに
おまへはそのころ
この国にある皮革の鼓器と
竹でつくった管《くわん》とをとった
けれどもいまごろちゃうどおまへの年ごろで
おまへの素質と力をもってゐるものは

町と村との一万人のなかになら
おそらく五人はあるだらう
それらのひとのどの人もまたどのひとも
五年のあひだにそれを大抵《たいてい》無くすのだ
生活のためにけづられたり
自分でそれをなくすのだ
すべての才や力や材といふものは
ひとにとゞまるものでない
ひとさへひとにとゞまらぬ
云《い》はなかったが
おれは四月はもう学校に居ないのだ
恐らく暗くけはしいみちをあるくだらう
そのあとでおまへのいまのちからがにぶり
きれいな音の正しい調子とその明るさを失って
ふたたび回復できないならば

おれはおまへをもう見ない
なぜならおれは
すこしぐらゐの仕事ができて
そいつに腰《こし》をかけてるやうな
そんな多数をいちばんいやにおもふのだ
もしもおまへが
よくきいてくれ
ひとりのやさしい娘をおもふやうになるそのとき
おまへに無数の影と光の像があらはれる
おまへはそれを音にするのだ
みんなが町で暮《くら》したり
一日あそんでゐるときに
おまへはひとりであの石原の草を刈《か》る
そのさびしさでおまへは音をつくるのだ
多くの侮辱《ぶじよく》や窮乏《きゆうばふ》の

それらを噛《か》んで歌ふのだ
もしも楽器がなかったら
いゝかおまへはおれの弟子《でし》なのだ
ちからのかぎり
そらいっぱいの
光でできたパイプオルガンを弾《ひ》くがいゝ

四〇三　岩手軽便《けいべん》鉄道の一月＊

ぴかぴかぴかぴか田圃《たんぼ》の雪がひかってくる
河岸の樹《き》がみなまっ白に凍《こほ》ってゐる
うしろは河がうららかな火や氷を載《の》せて
ぼんやり南へすべってゐる
よう　くるみの木　ジュグランダー＊　鏡を吊《つる》し

よう　かはやなぎ　サリックスランダー＊　鏡を吊し
はんのき　アルヌスランダー＊　鏡鏡鏡鏡をつるし
からまつ　ラリクスランダー　鏡をつるし
グランド電柱　フサランダー　鏡をつるし
さはぐるみ　ジュグランダー　鏡を吊し
桑《くは》の木　モルスランダー＊　鏡を……
ははは　汽車《こっち》がたうとうなゝめに列をよこぎったので
桑の氷華《ひょうくわ》はふさふさ風にひかって落ちる

「春と修羅　第三集」より

七〇六　村　娘

畑を過ぎる鳥の影
青々ひかる山の稜《かど》
雪菜*の薹《たう》を手にくだき
ひばりと川を聴《き》きながら
うつつにひとともものがたる

七〇九　春

陽《ひ》が照って鳥が啼《な》き
あちこちの楢《なら》の林も、
けむるとき
ぎちぎちと鳴る　汚《きた》ない掌《て》を、
おれはこれからもつことになる

七一一　水汲《く》み

ぎっしり生えたち萱《がや》の芽だ*
紅《あか》くひかって
仲間同志に影をおとし

上をあるけば距離《きより》のしれない敷物《しきもの》のやうに
うるうるひろがるち萱の芽だ
……水を汲んで砂へかけて……
つめたい風の海蛇《うみへび》が
もう幾脈も幾脈も
野ばらの藪《やぶ》をすり抜けて
川をななめに溯《のぼ》って行く
……水を汲んで砂へかけて……
向ふ岸には
蒼《あを》い衣《ころも》のヨハネ*が下りて
すぎなの胞子《たね》をあつめてゐる
……水を汲んで砂へかけて……
岸までくれば
またあたらしいサーペント
……水を汲んで水を汲んで……

遠くの雲が幾ローフかの
麵麭《パン》にかはって売られるころだ

七三五　饗《きやう》宴《えん》

酸《す》っぱい胡瓜《きうり》をぽくぽく嚙《か》んで
みんなは酒を飲んでゐる
……土橋は曇《くも》りの午前にできて
いまうら青い榾《ほだ》のけむりは
稲《いね》いちめんに這《は》ひかゝり
そのせきぶちの杉《すぎ》や楢《なら》には
雨がどしゃどしゃ注いでゐる……
みんなは地主や賦役《ふえき》に出ない人たちから
集めた酒を飲んでゐる

……われにもあらず
　ぼんやり稲の種類を云《い》ふ
　こゝは天山北路であるか……
さっき十ぺん
あの赤砂利をかつがせられた
顔のむくんだ弱さうな子が
みんなのうしろの板の間で
座って素麺《むぎ》をたべてゐる
(紫雲英《ハナコ》*植れば米とれるてが
　藁《わら》ばりとったて間に合ぁなぢゃ)
こどもはむぎを食ふのをやめて
ちらっとこっちをぬすみみる

七四一　煙《けむり》

川上の
煉瓦《れんぐわ》工場の煙突《えんとつ》から
けむりが雲につゞいてゐる
あの脚《あし》もとにひろがった
青じろい頁岩《けつがん》の盤*で
尖《とが》って長いくるみの化石をさがしたり
古いけものの足痕《あしあと》を
うすら濁《にご》ってつぶやく水のなかからとったり
二夏のあひだ
実習のすんだ毎日の午后《ごご》を
生徒らとたのしくあそんで過ごしたのに*
いま山山は四方にくらく

一ぺんすっかり破産した
煉瓦工場の煙突からは
何をたいてゐるのか
黒いけむりがどんどんたって
そらいっぱいの雲にもまぎれ
白金いろの天末も
だんだん狭《せま》くちゞまって行く

七四一　白　菜　畑

霜《しも》がはたけの砂いっぱいで
エンタシスある柱の列は
みな水いろの影をひく
十いくつかのよるとひる

病《や》んでもだえてゐた間
こんなつめたい空気のなかで
千の芝罘白菜《チーフー》＊は
はじけるまでの砲弾《ほうだん》になり
包頭連の七百は
立派なパンの形になった
こゝは船場を渡った人が
みんな通って行くところだし
川に沿ってどっちへも抜けられ
崖《がけ》の方へも出られるので
どうもこゝへ野菜をつくっては
盗《と》られるだらうとみんなで云った
けれども誰《だれ》も盗《ぬす》まない
季節にはひとりでにかういふに熟して
朝はまっ白な霜をかぶってゐるし

早池峰薬師《はやちね》＊もう雪でまっしろ
川は爆発《ばくはつ》するやうな
不定な湯気をときどきあげ
燃えたり消えたりしつづけながら
どんどん針をながしてゐる
病んでゐても
あるいは死んでしまっても
残りのみんなに対しては
やっぱり川はつづけて流れるし
なんといふいゝことだらう
あゝひっそりとしたこのはたけ
けれどもわたくしが
レアカーをひいて
この砂つちにはひってから
まだひとつの音もきいてゐないのは

それとも聞えないのだらうか、
巨《おほ》きな湯気のかたまりが
いま日の面を通るので
柱列の青い影も消え
砂もくらくはなったけれども

一〇〇三　実験室小景

(こんなところにゐるんだな)
　ビーカー、フラスコ、ブンゼン燈、
(この漆喰《しつくい》に立ちづくめさ)
　暖炉《だんろ》はひとりでうなってゐるし
　黄いろな時計はぴっこをひきひきうごいてゐる
(ガラスのオボーがたくさんあるな)

（あれは逆流冷却器《れいきやくき》）
（ずいぶん大きなカップだな）
（どうだきみは、苛性加里《かせいカリ》でもいっぱいやるか）
（ふふん）
　　雪の反射とポプラの梢《こずゑ》
　　　そらを行くのはオパリンな雲*
　　　あるいはこまかな氷のかけら
（分析《ぶんせき》ならばきみはなんでもできるのかい）
（あ、物質の方ならね）
（ははは　今日は大へん謙遜《けんそん》だ
　まるでニュウトンそっくりだ）
（きみニュウトンは物理だよ）
（どっちにしてももう一あしだ
　教授になって博士になれば
　男爵《だんしゃく》だってなってなれないこともない）

（きみきみ助手が見てゐるよ）
　　湯気をふくふくテルモスタット
（春が来るとも見えないな）
（いや、来るときは一どに来る
春の速さはまたべつだ）
（春の速さはをかしいぜ）
（文学亜流にわかるまい、
ぜんたい春といふものは
気象因子の系列だぜ
はじめははんの紐《ひも》を出し
しまひに八重の桜をおとす
それが地点を通過すれば
速さがそこにできるだらう）
（さういふことを云《い》ってたら
論文なんかぐにゃぐにゃだらう）

（論文なんかぱりぱりさ）

△

（何時になればいっしょに出れる？）
（四時ならい丶よ）
（もう一時間）
（あ丶温室で遊んでないか
済んだらぼくがのぞくから
助手がいろいろ教へてくれる）
（ではさうしよう
あの玄関《げんくわん》のわきのだな）
（あ丶さう
ひとりではひってい丶んだ
あけっぱなしはごめんだぜ）

一〇一二〔甲助　今朝まだくらぁに〕

甲助
今朝まだくらぁに、
たった一人で綱取《つなどり》*さ稼《かせ》ぐさ行ったでぁ
……赤楊《はんのき》にはみんな氷華《ひようくわ》がついて
　野原はうらうら白い偏光《へんくわう》……
唐獅子《からじし》いろの乗馬ずぼんはいでさ
新らし紺《こん》の風呂敷《ふろしき》しょってさ
親方みだい手ぶらぶらど振って行ったでぁ
……雪に点々けぶるのは
　三つ沢山*の松のむら……
清水野《きよみづ》がら大曲野《おほまがり》がら後藤野ど*
一人で威張《ゐば》って歩って

大股《おほまた》に行くうぢはいがべぁ
向ふさ着げば撰鉱《せんくわう》だがな運搬《うんぱん》だがな
夜でば小屋の隅《すみ》こさちょこっと寝せらへで
たゞの雑役《ざつえき》人夫だがらな
……江釣子《えづりこ》森*が
　ぼうぼうと湯気をあげて
　氷醋酸《ひようさくさん》の塊《かたま》りのやう……
あらがだ後藤野さかがったころだ

一〇一九　札　幌　市*

遠くなだれる灰光と
貨物列車のふるひのなかで
わたくしは湧《わ》きあがるかなしさを

きれぎれ青い神話に変へて
開拓《かいたく》紀念の楡《にれ》の広場に
力いっぱい撒《ま》いたけれども
小鳥はそれを啄《ついば》まなかった

一〇三三　悪　意

夜のあひだに吹き寄せられた黒雲が、
山地を登る日に焼けて、
凄《すさ》まじくも暗い朝になった
今日の遊園地の設計*には、
あの悪魔《あくま》ふうした雲のへりの、
鼠《ねずみ》と赤をつかってやらう、
口をひらいた魚のかたちのアンテリナム*か

いやしいハーデイフロックス
さういふものを使ってやらう
食ふものもないこの県で
百万からの金も入れ
結局魔窟《まくつ》を拵《こしら》へあげる、
そこにはふさふ色調である

一〇五三　〔おい　けとばすな〕*

おい
けとばすな
けとばすな
なあんだ　たうとう
　すっきりとしたコチニールレッド

ぎっしり白い菌糸《きんし》の網
こんな色彩の鮮明なものは
この森ぢゅうにあとはない
あゝムスカリン＊

おーい！
りんと引っぱれ！
りんと引っぱれったら！
山の上には雲のラムネ
つめたい雲のラムネが湧《わ》く

一〇七五　囈《げい》語《ご》

竟《つひ》に卑《ひ》怯《けふ》でなかったものは
あすこにうかぶ黒と白

積雲製の冠《かんむり》をとれ

一〇八二〔あすこの田はねえ〕*

あすこの田はねえ
あの種類では窒素《ちつそ》があんまり多過ぎるから
もうきつぱりと灌水《みづ》を切つてね
三番除草はしないんだ
……一しんに畔を走つて来て
　青田のなかに汗拭《ふ》くその子……
燐酸《りんさん》がまだ残つてゐない？
みんな使つた？
それではもしもこの天候が
これから五日続いたら

あの枝垂《しだ》れ葉をねえ
斯《か》ういふ風な枝垂れ葉をねえ
むしってとってしまふんだ
……せはしくうなづき汗拭くその子
冬講習に来たときは
一年はたらいたあととは云《い》へ
まだかゞやかな苹果《りんご》のわらひをもってゐた
いまはもう日と汗に焼け
幾夜《いくよ》の不眠《ふみん》にやつれてゐる……
それからい、かい
今月末にあの稲が
君の胸より延びたらねえ
ちゃうどシャッツの上のぼたんを定規にしてねえ
葉尖《はさき》を刈《か》ってしまふんだ
……汗だけでない

泪《なみだ》も拭いてゐるんだな……
君が自分でかんがへた
あの田もすっかり見て来たよ
陸羽一三二号のはうね
あれはずいぶん上手に行った
肥えも少しもむらがないし
いかにも強く育ってゐる
硫安《りうあん》だってきみが自分で播《ま》いたらう
みんながいろいろ云ふだらうが
あっちは少しも心配ない
反当《たんあたり》三石《ごく》二斗《と》なら
もうきまったと云っていゝ
しっかりやるんだよ
これからの本当の勉強はねえ
テニスをしながら商売の先生から

義理で教はることでないんだ
きみのやうにさ
吹雪《ふぶき》やわづかの仕事のひまで
泣きながら
からだに刻んで行く勉強が
まもなくぐんぐん強い芽を噴《ふ》いて
どこまでのびるかわからない
それがこれからのあたらしい学問のはじまりなんだ
ではさやうなら
　……雲からも風からも
　　透明な力が
　　そのこどもに
　　うつれ……

一〇二〇　野の師父

倒《たふ》れた稲や萱穂《かやぼ》の間
白びかりする水をわたって
この雷《かみなり》と雲とのなかに
師父よあなたを訪ねて来れば
あなたは縁《えん》に正しく座して
空と原とのけはひをきいてゐられます
日日に日の出と日の入に
小山のやうに草を刈《か》り
冬も手織の麻《あさ》を着て
七十年が過ぎ去れば
あなたのせなは松より円く
あなたの指はかじかまり

あなたの額は雨や日や
あらゆる辛苦《しんく》の図式を刻み
あなたの瞳《ひとみ》は洞《ほら》よりうつろ
この野とそらのあらゆる相は
あなたのなかに複本をもち
それらの変化の方向や
その作物への影響は
たとへば風のことばのやうに
あなたののどにつぶやかれます
しかもあなたのおもものの
今日は何たる明るさでせう
豊かな稔《みの》りを願へるままに
二千の施肥の設計を終へ
その稲いまやみな穂を抽《ひ》いて
花をも開くこの日ごろ

四日つゞいた烈《はげ》しい雨と
今朝からのこの雷雨のために
あちこち倒れもしましたが
なほもし明日或《あるい》は明後
日をさへ見ればみな起きあがり
恐らく所期の結果も得ます
さうでなければ村々は
今年も暗い冬を再び迎へるのです
この雷と雨との音に
物を云ふことの甲斐《かひ》なさに
わたくしは黙《もく》して立つばかり
松や楊《やなぎ》の林には
幾すぢ雲の尾がなびき
幾層のつゝみの水は
灰いろをしてあふれてゐます

しかもあなたのおもゝちの
その不安ない明るさは
一昨年の夏ひでりのそらを
見上げたあなたのけはひもなく
わたしはいま自信に満ちて
ふたゝび村をめぐらうとします
わたくしが去らうとして
一瞬《いっしゅん》あなたの額の上に
不定な雲がうかび出て
ふたゝび明るく晴れるのは
それが何かを推せんとして
恐らく百の種類を数へ
思ひを尽《つく》してつひに知り得ぬものではありますが
師父よもしもやそのことが
口耳の学をわづかに修め

鳥のごとくに軽佻《けいてう》な
わたくしに関することでありますならば
師父よあなたの目力をつくし
あなたの聴力《ちやうりよく》のかぎりをもって
わたくしのまなこを正視し
わたくしの呼吸をお聞き下さい
古い白麻の洋服を着て
やぶけた絹張の洋傘はもちながら
尚《なほ》わたくしは
諸仏菩薩《ぼさつ》の護念によって
あなたが朝ごと誦《ず》せられる
かの法華《ほけ》経の寿量《じゆりやう》の品《ほん》*を
命をもって守らうとするものであります
それでは師父よ
何たる天鼓の轟《とどろ》きでせう

何たる光の浄化《じやうくわ》でせう
わたくしは黙して
あなたに別《わかれ》の礼をばします

一〇二一　和風は河谷いっぱいに吹く*

たうとう稲は起きた
まったくのいきもの
まったくの精巧《せいかう》な機械
稲がそろって起きてゐる
雨のあひだまってゐた穎《えい》は
いま小さな白い花をひらめかし
しづかな飴《あめ》いろの日だまりの上を
赤いとんぼもすうすう飛ぶ

あゝ
南からまた西南から
和風は河谷いっぱいに吹いて
汗《あせ》にまみれたシャツも乾《かわ》けば
熱した額やまぶたも冷える
あらゆる辛苦《しんく》の結果から
七月稲はよく分蘖《ぶんけつ》し
豊かな秋を示してゐたが
この八月のなかばのうちに
十二の赤い朝焼けと
湿度九〇の六日を数へ
茎稈《けいかん》弱く徒長して
穂《ほ》も出し花もつけながら、
つひに昨日のはげしい雨に
次から次と倒《たふ》れてしまひ

うへには雨のしぶきのなかに
とむらふやうなつめたい霧《きり》が
倒れた稲を被《おほ》ってゐた
あ、自然はあんまり意外で
そしてあんまり正直だ
百に一つなからうと思った
あんな恐ろしい開花期の雨は
もうまっかうからやって来て
力を入れたほどのものを
みんなばたばた倒してしまった
その代りには
十に一つも起きれまいと思ってゐたものが
わづかの苗《なへ》のつくり方のちがひや
燐酸《りんさん》のやり方のために
今日はそろってみな起きてゐる

森で埋《うづ》めた地平線から
青くかゞやく死火山列から
風はいちめん稲田をわたり
また栗《くり》の葉をかゞやかし
いまさはやかな蒸散と
透明《とうめい》な汁液《サップ》の移転
あゝわれわれは曠野《くわうや》のなかに
蘆《あし》とも見えるまで逞《たく》ましくさやぐ稲田のなかに
素朴《そぼく》なむかしの神々のやうに
べんぶしてもべんぶしても足りない

一〇八八　〔もうはたらくな〕

もうはたらくな

レーキ*を投げろ
この半月の曇天《どんてん》と
今朝のはげしい雷雨のために
おれが肥料を設計し
責任のあるみんなの稲が
次から次と倒《たふ》れたのだ
稲が次々倒れたのだ
働くことの卑怯《ひけふ》なときが
工場ばかりにあるのでない
ことにむちゃくちゃはたらいて
不安をまぎらかさうとする、
卑《いや》しいことだ
　……けれどもあゝまたあたらしく
　西には黒い死の群像が湧《わ》きあがる
　春にはそれは、

　　恋愛自身とさへも云ひ
　　考へられてゐたではないか……
さあ一ぺん帰って
測候所へ電話をかけ
すっかりぬれる支度《したく》をし
頭を堅《かた》く縛《しば》って出て
青ざめてこはばったたくさんの顔に
一人づつぶっつかって
火のついたやうにはげまして行け
どんな手段を用ゐても
弁償《べんしやう》すると答へてあるけ

詩ノート より

七四四　病院

途中の空気はつめたく明るい水でした
熱があると魚のやうに活潑《くわつぱつ》で
そして大へん新鮮ですな
終りの一つのカクタス*がまばゆく燃えて居《を》りました
市街も橋もじつに光って明瞭《めいれう》で
逢《あ》ふ人はみなアイスランドへ移住した
蜂雀《はちすずめ》といふ風の衣裳《いしやう》をつけて居りました
あんな正確な輪廓《りんくわく》は顕微鏡分析《ミクロスコープアナリーゼ》の晶形《しやうけい》にも
恐《おそ》らくなからうかと思ふのであります

一〇〇四〔今日は一日あかるくにぎやかな雪降りです〕

今日は一日あかるくにぎやかな雪降りです
ひるすぎてから
わたくしのうちのまはりを
巨《おほ》きな重いあしおとが
幾度《いくど》ともなく行きすぎました
わたくしはそのたびごとに
もう一年も返事を書かないあなたがたづねて来たのだと
じぶんでじぶんに教へたのです
そしてまったく
それはあなたの　またわれわれの足音でした
なぜならそれは

いっぱい積んだ梢《こずゑ》の雪が
地面の雪に落ちるのでしたから

　　雪ふれば昨日のひるのわるひのき
　　菩薩《ぼさつ》すがたにすくと立つかな＊

一〇二四　ローマンス

そらがまるっきりばらいろで
そこに一本若いりんごの木が立ってゐる
Keolg Kol.　おやふくろふがないてるぞ
山の上の電燈から
市街の寒天質《アガーチナアス》な照明まで

Keolg Kol.　わるいのでせうか
黒いマントの中に二人は
青い暈環《うんくわん》を感じ
少年の唇《くちびる》はセルリーの香《かをり》
少女の頰《ほほ》はつめくさの花
Keolg Kohl.　ぼく永久に
　　あなたへ忠節をちかひます

一〇五三　政　治　家

あっちもこっちも
ひとさわぎおこして
いっぱい呑《の》みたいやつらばかりだ

羊歯《しだ》の葉と雲
　世界はそんなにつめたく暗い
けれどもまもなく
さういふやつらは
ひとりで腐《くさ》って
ひとりで雨に流される
あとはしんとした青い羊歯ばかり
そしてそれが人間の石炭紀であったと
どこかの透明な地質学者が記録するであらう

一〇五四　〔何と云《い》はれても〕

何と云はれても
わたくしはひかる水玉

つめたい雫《しづく》
すきとほった雨つぶを
枝いっぱいにみてた
若い山ぐみ*の木なのである

一〇五六　〔サキノハカといふ黒い花といっしょに〕

サキノハカ*といふ黒い花といっしょに
革命がやがてやってくる
ブルジョアジーでもプロレタリアートでも
おほよそ卑怯《ひけふ》な下等なやつらは
みんなひとりで日向《ひなた》へ出た蕈《きのこ》のやうに
潰《つぶ》れて流れるその日が来る
やってしまへやってしまへ

酒を呑《の》みたいために尤《もっとも》らしい波瀾《はらん》を起すやつも
じぶんだけで面白いことをしつくして
人生が砂っ原だなんていふにせ教師も
いつでもきょろきょろひとと自分とくらべるやつらも
そいつらみんなをびしゃびしゃに叩《たた》きつけて
その中から卑怯な鬼《おに》どもを追ひ払《はら》へ
それらをみんな魚や豚《ぶた》につかせてしまへ
はがねを鍛《きた》へるやうに新らしい時代は新らしい人間を鍛へる
紺《こん》いろした山地の稜をも砕《くだ》け
銀河をつかって発電所もつくれ

一〇七一　〔わたくしどもは〕

わたくしどもは

ちゃうど一年いっしょに暮《くら》しました
その女はやさしく蒼白《あをじろ》く
その眼はいつでも何かわたくしのわからない夢《ゆめ》を見てゐるやうでした
いっしょになったその夏のある朝
わたくしは町はづれの橋で
村の娘が持って来た花があまり美しかったので
二十銭だけ買ってうちに帰りましたら
妻は空いてゐた金魚の壺《つぼ》にさして
店へ並べて居《を》りました
夕方帰って来ましたら
妻はわたくしの顔を見てふしぎな笑ひやうをしました
見ると食卓にはいろいろな果物や
白い洋皿《やうざら》などまで並べてありますので
どうしたのかとたづねましたら
あの花が今日ひるの間にちゃうど二円に売れたといふのです

……その青い夜の風や星、
　すだれや魂を送る火や……
そしてその冬
妻は何の苦しみといふのでもなく
萎《しを》れるやうに崩《くづ》れるやうに一日病《や》んで没《な》くなりました

**

　生徒諸君に寄せる

この四ケ年が
　わたくしにどんなに楽しかったか
わたくしは毎日を
　鳥のやうに教室でうたってくらした
誓《ちか》って云《い》ふが

わたくしはこの仕事で
疲《つか》れをおぼえたことはない

（彼等《かれら》はみんなわれらを去った。
彼等にはよい遺伝と育ち
あらゆる設備と休養と
茲《ここ》には汗《あせ》と吹雪《ふぶき》のひまの
歪《ゆが》んだ時間と粗野《そや》な手引があるだけだ
彼等は百の速力をもち
われらは十の力を有《も》たぬ
何がわれらをこの暗みから救ふのか
あらゆる労《つか》れと悩《なや》みを燃やせ
すべてのねがひの形を変へよ）

新らしい風のやうに爽《さは》やかな星雲のやうに
透明《とうめい》に愉快《ゆくわい》な明日は来る
諸君よ紺《こん》いろした北上《きたかみ》山地のある稜は
速《すみや》かにその形を変じよう
野原の草は俄《には》かに丈《たけ》を倍加しよう
あらたな樹木や花の群落が
、、、、、

諸君よ　紺いろの地平線が膨《ふく》らみ高まるときに
諸君はその中に没《ぼっ》することを欲《ほっ》するか
じつに諸君はその地平線に於《お》ける
あらゆる形の山岳《さんがく》でなければならぬ

サキノハカ〔以下空白〕*
〔約九字分空白〕来る
それは一つの送られた光線であり
決せられた南の風である、
諸君はこの時代に強《し》ひられ率《ひき》ゐられて
奴隷《どれい》のやうに忍従《にんじゅう》することを欲するか

むしろ諸君よ　更《さら》にあらたな正しい時代をつくれ
宙宇は絶えずわれらに依《よ》って変化する
潮汐や風、
あらゆる自然の力を用ゐ尽《つく》すことから一足進んで
諸君は新たな自然を形成するのに努めねばならぬ

新らしい時代のコペルニクスよ
余りに重苦しい重力の法則から
この銀河系統を解き放て

新らしい時代のダーウヰンよ
更に東洋風静観のキャレンヂャー*に載《の》って
銀河系空間の外にも至《いた》って

更にも透明に深く正しい地史と
増訂《ぞうてい》された生物学をわれらに示せ
衝動《しょうどう》のやうにさへ行はれる
すべての農業労働を
冷く透明な解析《かいせき》によって
その藍《あゐ》いろの影といっしょに
舞踊《ぶよう》の範囲《はんゐ》に高めよ

素質ある諸君はたゞにこれらを刻み出すべきである
おほよそ統計に従はば
諸君のなかには少くとも百人の天才がなければならぬ

新たな詩人よ
嵐《あらし》から雲から光から
新たな透明なエネルギーを得て
人と地球にとるべき形を暗示せよ

新たな時代のマルクスよ
これらの盲目《まうもく》な衝動から動く世界を
素晴しく美しい構成に変へよ

諸君はこの颯爽《さつさう》たる
諸君の未来圏から吹《ふ》いて来る
透明な清潔な風を感じないのか

今日の歴史や地史の資料からのみ論ずるならば
われらの祖先乃至《ないし》はわれらに至るまで
すべての信仰《しんかう》や徳性はたゞ誤解から生じたとさへ見え
しかも科学はいまだに暗く
われらに自殺と自棄《じき》のみをしか保証せぬ、

誰《だれ》が誰よりどうだとか
誰の仕事がどうしたとか
そんなことを云ってゐるひまがあるのか
さあわれわれは一つになって〔以下空白〕

詩稿補遺より

阿耨達池《あのくだっち》＊幻想曲

こけもの暗い敷物《しきもの》
北拘盧州《ほくくるしゅう》＊の人たちは
この赤い実をピックルに入れ
空気を抜いて瓶詰《びんづめ》にする
どこかでたくさん蜂雀《ハニーバード》が鳴くやうなのは
たぶん稀薄《きはく》な空気のせゐにちがひない
そのそらの白さつめたさ
……辛度海《しんど》＊から、あのたよりない三角洲《す》から
　由旬《ゆじゅん》を抜いたこの高原も

　やっぱり雲で覆《おほ》はれてゐる……
けはしく繞《めぐ》る天末線《スカイライン》の傷《いた》ましさ
……たゞ一かけの鳥も居ず
　どこにもやさしいけだものの
　かすかなけはひもきこえない……
どこかでたくさん蜂雀の鳴くやうなのは
白磁器の雲の向ふを
さびしく渡った日輪が
いま尖尖の黒い巌歯の向ふ側
……摩竭《まかつ》大魚*のあぎとに落ちて……
虚空《こくう》に小さな裂罅《れっか》ができるにさうゐない
……その虚空こそ
　ちがった極微の所感体
　異の空間への媒介者《ばいかいしゃ》……
赤い花咲く苔《こけ》の氈《せん》

もう薄明《はくめい》がぢき黄昏《たそがれ》に入り交られる
その赤ぐろく濁った原の南のはてに
白くひかってゐるものは
阿耨達、四海に注ぐ四つの河の源《みなもと》の水
……水ではないぞ　曹達《ソーダ》か何かの結晶《けつしやう》だぞ
悦《よろこ》んでゐて欺《だま》されたとき悔《くや》むなよ……
まっ白な石英の砂
音なく湛《たた》へるほんたうの水
もうわたくしは阿耨達池の白い渚《なぎさ》に立ってゐる
砂がきしきし鳴ってゐる
わたくしはその一つまみをとって
そらの微光にしらべてみよう
すきとほる複六方錐《すい》
人の世界の石英安山岩《デサイト》か
流紋岩《リパライト》から来たやうである

わたくしは水際《みづぎは》に下りて
水にふるへる手をひたす
　……こいつは過冷却《くわれいきやく》の水だ
　　氷相当官なのだ……
いまわたくしのてのひらは
魚のやうに燐光《りんくわう》を出し
波には赤い条《すぢ》がきらめく

法印の孫娘

ほっそりとしたなで肩《がた》に
黒い雪袴《モッペ》とつまごをはいて
栗《くり》の花咲くつゝみの岸を
むすめは一人帰って行った

品種のことも肥料のことも
仕事の時期やいきさつも
みんなはっきりわかってゐた
あの応対も透明で
できたら全部トーキーにも撮《と》って置きたいくらゐ
栗や何かの木の枝を
わざとどしゃどしゃ投げ込《こ》んで
おはぐろのやうなまっ黒な苗代《なはしろ》の畦《あぜ》に立って
今年の稲熱《いもち》の原因も
大てい向ふで話してゐた
今日もじぶんで葉書を出して置きながら
どてらを着たま、酔《よ》ってゐた
あの青ぶくれの大入道の
娘と誰《だれ》が考へよう
あの山の根の法印の家か

あそこはバグヂと濁《にご》り酒どの名物すと
みちを訊《き》いたらあの知り合ひの百姓《ひやくしやう》が云った
それほど村でも人付合ひが悪いのだらう
もっともばくちはたしかにうつ
あの顔いろや縦の巨《おほ》きな頰《ほほ》の皺《しわ》は
夜どほし土蔵の中にでも居て
なみなみでない興奮をする証拠《しようこ》である
ぜんたいあの家といふのが
巨きな松山の裾《すそ》に
まるで公園のやうなきれいな芝《しば》の傾斜にあって
まっ黒な杉《すぎ》をめぐらし
山門みたいなものもあれば
白塗《しろぬ》りの土蔵もあり
柿《かき》の木も梨《なし》の木もひかってゐた
それがなかからもう青じろく蝕《むしば》んでゐる

年々注意し作付し居《を》り候《さうら》へ共
この五六年毎年稲の病気にかゝりと書いた
あの筆蹟《ひつせき》も立派だったが
どうしてばくちをやりだしたのか
或《あ》るいは少し村の中では出来過ぎたので
つい横みちへそれたのか
或いはさういふ遺伝なものか
とにかくあのしっかりとした
新時代の農村を興《おこ》しさうにさへ見える
うつくしく立派な娘のなかにも
その青ぐろい遺伝がやっぱりねむってゐて
こどもか孫かどこかへ行って目をさます
そのときはもう濁り酒でもばくちでもない
一千九百五十年から
二千年への間では

さういふ遺伝は
どこへ口火を見付けるだらう
西はうすい氷雲と青じろいそら
うしろでは松の林が
日光のために何かなまこのやうに見え
わづかに沼の水もひかる

〔こっちの顔と〕*

こっちの顔と
凶年《きようねん》の周期のグラフを見くらべながら
なんべんも何か云ひたさうにしては
すこしわらって下を向いてゐるこの人は
たしかに町の二年か上の高等科へ

赤い毛布と栗《くり》の木下駄《きげた》で
通って来てゐたなかのひとり
それから五年か六年たって
秋の祭りのひるすぎだった
この人は鹿踊《ししをど》りの仲間といっしょに
例ののばかまとわらぢをはいて
長い割竹や角のついた、
面のしたから顔を出して
踊りもうあきたといふやうに、
ばちをもった片手はちょこんと太鼓《たいこ》の上に置き
悠々《いういう》と豊沢町を通って行った
こっちが知らないで
たゞ鹿踊りだと思って見てゐたときに
この人は面の下の麻布《あさぬの》をすかして
踊りながら昔の友だちや知った顔を

横眼で見たこともたびたびあったらう
けれどもいまになって
われわれが気候や
品種やあるいは産業組合や
殊《こと》にも塩の魚とか
小さなメリヤスのもゝ引だとか
ゴム沓合羽《ぐつかつぱ》のやうなもの
かういふものについて共同の関心をもち
一緒《いつしよ》にそれを得ようと工夫することは
じつにたのしいことになった
外では吹雪《ふぶき》が吹いてゐてもゐなくても
それが十時でも午后《ごご》の二時でも
二尺も厚い萱《かや》をかぶって
どっしりと座《すわ》ったかういふ家のなかは
たゞ落ちついてしんとしてゐる

そこでこれからおれは稲の肥料をはなし
向ふは鹿踊りの式や作法をはなし
夕方吹雪が桃いろにひかるまで
交換教授をやるといふのは
まことに愉快なことである

火　祭*

火祭りで、
今日は一日、
部落そろってあそぶのに、
おまへばかりは、
町へ肥料の相談所などこしらへて、
今日もみんなが来るからと、

外套《ぐわいたう》など着てでかけるのは
いゝ人ぶりといふものだと
厭々《いやいや》ひっぱりだされた圭一が
ふだんのまゝの筒袖《つつそで》に
栗《くり》の木下駄《きげた》をつっかけて
さびしく眼をそらしてゐる
……帆舟《ほぶね》につかず袋《ふくろ》につかぬ
　大きな白い紙の細工を荷馬車につけて
　こどもらが集ってゐるでもない
　松の並木のさびしい宿を
　みんなでとにかくゆらゆら引いて
　また張合なく立ちどまる……
くらしが少しぐらゐらくになるとか
そこらが少しぐらゐきれいになるとかよりは
いまのまんまで

誰《だれ》ももう手も足も出ず
おれよりもきたなく
おれよりもくるしいのなら
そっちの方がずっといゝと
何べんそれをきいたらう
　（みんなおなじにきたなくでない
　みんなおなじにくるしくでない）
　……巨《おほ》きな雲がばしゃばしゃ飛んで
　煙草《たばこ》の函《はこ》でめんをこさへてかぶったり
　白粉《おしろい》をつけて南京《ナンキン》袋を着たりしながら
　みんなは所在なさそうに
　よごれた雪をふんで立つ……
さうしてそれもほんたうだ
　（ひば垣《がき》や風の暗黙《あんもく》のあひだ
　主義とも云《い》はず思想とも云はず

たゞ行はれる巨きなもの）
誰かがやけに
やれやれやれと叫《さけ》べば
さびしい声はたった一つ
銀いろをしたそらに消える

牧　歌

この五列だけ
もうりんと活《っ》着き
鎗葉も青く天を指す
水にはごみもうかべば
泥《どろ》で踏まれた畦《あぜ》のすぎなもそのまゝなのに
この五列だけ　それからやっぱり向ふの五列

はっきりまはりとちがふのは
一体誰《だれ》が植ゑたのだらう
考へて見れば
あの朝太田の堺《さかひ》から
女たちがたくさんすけに来た
林のへりからはじめて行って
甲助が植代《うゑしろ》を掻《か》き
佐助が硫安《りうあん》をまき
喜作が面をこしらへて
それからあとはどんどん植ゑた
けれども結局あのときは
誰が誰だかわからなかった
とにかくこゝが一《ひと》わたりつき
主人もほっとしたやうに立って
みんなをさそってあすこの巨《おほ》きなひばのある

辻堂《つじだう》で朝めしといふことになった
霧《きり》の降るまっ青な草にすわって
箸《はし》をわったりわかめを盛ったりいろいろした
ところが太田の人たちは
もう済んで来たといって
どうしても来て座《すわ》らなかった
まっ黒な林や
けはしい朝の雲をしょって
残った苗《なへ》を集めたり
ところどころの畦根には
補植の苗を置いたりした
けれどもやはりあのときも
誰が誰だかわからなかった
それから霧がすっかり霽《は》れて
日も射《さ》すやうになってから

みんなで崖《がけ》を下りて行き
鉄ゲルの湧《わ》く下台の田をやり出した
さうだあの時なんでも一人
たいへん手早い娘が居た
いつでもいちばんまっさきに
畦根についで一瞬《いっしゅん》立った
目が大きくてわらってゐるのは
どこかに栗鼠《りす》のきもちもあった
さうだたしかにさういふことを
おれは二へんか三べん見た
けれども早いからといって
こんなに早く活着《つ》くやうに
上手に植ゑたとかぎらない
遅《おく》れたおばあさんたちのうちこそ
かういふ五列のその植主があったかもしれない

しかし田植に限っては下手では早く進めない
それでは結局あの娘かな

地　主

水もごろごろ鳴れば
鳥が幾《いく》むれも幾むれも
まばゆい東の雲やけむりにうかんで
小松の野はらを過ぎるとき
ひとは瑪瑙《めなう》のやうに
酒にうるんだ赤い眼をして
がまのはむばきをはき
古いスナイドル*を斜めにしょって
胸高く腕を組み

怨霊《をんりやう》のやうにひとりさまよふ
この山ぎはの狭《せま》い部落で
三町歩の田をもってゐるばかりに
殿《との》さまのやうにみんなにおもはれ
じぶんでも首まで借金につかりながら
やっぱりりんとした地主気取り
うしろではみみづく森*や
六角山の下からつゞく
一里四方の巨《おほ》きな丘に
まだ芽を出さない栗の木が
褐色《かつしよく》の梢《こずゑ》をぎっしりそろへ
その麓《ふもと》の
月光いろの草地には
立派なはんの一むれが
東邦風《とうはう》にすくすくと立つ

そんな桃いろの春のなかで
ふかぶかとうなじを垂れて
ひとはさびしく行き惑《まど》ふ
一ぺん入った小作米は
もう全くたべるものがないからと
かはるがはるみんなに泣きつかれ
秋までにはみんな借りられてしまふので
そんならおれは男らしく
じぶんの腕で食ってみせると
古いスナイドルをかつぎだして
首尾よく熊《くま》をとってくれば
山の神様を殺したから
ことしはお蔭《かげ》で作も悪いと云はれる
その苗代《なはしろ》はいま朝ごとに緑金を増し
畔では羊歯《しだ》の芽もひらき

すぎなも青く冴《さ》えれば
あっちでもこっちでも
つかれた腕をふりあげて
三本鍬《ぐは》をぴかぴかさせ
乾田《かただ》を起してゐるときに
もう熊をうてばいゝか
何をうてばいゝかわからず
うるんで赤いまなこして
怨霊のやうにあるきまはる

境内**

みんなが弁当をたべてゐる間
わたくしはこの杉《すぎ》の幹にかくれて

しばらくひとり憩《やす》んでゐよう
二里も遠くから　この野原中
くろくわだかまって見え
千年にもなると云はれる
林のなかの一本だ
うす光る巻積雲《けんせきうん》に
梢《こずゑ》が黒く浮いてゐて
見てゐると
杉とわたくしとが
空を旅してゐるやうだ
みんなは杉のうしろの方
山門の下や石碑《せきひ》に腰《こし》かけて
割合ひっそりしてゐるのは
いま盛《さか》んにたべてゐるのだ
約束をしてみな弁当をもち出して

じぶんの家の近辺を
ふだんはあるかないやうなあちこちの田の隅《すみ》まで
仲間といっしょにまはってあるく
ちょっと異様な気持ちだらう
おれも飯でも握《にぎ》ってもってくるとよかった
空手で来ても
学校前の荒物《あらもの》店で
パンなぞ買へると考へたのは
第一ひどい間違《まちが》ひだった
冬は酸《す》えずに五日や十日置けるので
とにかく売ってゐたのだらう
パンはありませんかと云ふと
冬はたしかに売ったのに
主人がまるで忘れたやうな
ひどくけげんな顔をして

はあ？　パンすかときいてゐた
一つの椅子《いす》に腰かけて
朝から酒をのんでゐた
眉《まゆ》の蕪雑《ぶざつ》なぢいさんが
じろっとおれをふり向いた
それから大へん親切さうに
パンだらそこにあったっけがと
右手の棚《たな》を何かさがすといふ風にして
それから大へんとぼけた顔で
ははあ食はれないの石《セキ》バンだと*
さう云ひながらおれを見た
主人もすこしもくつろがず
おれにもわらふ余裕《よゆう》がなかった
あのぢいさんにあすこまで
強い皮肉を云はせたものを

そのまっくらな巨《おほ》きなものを*
おれはどうにも動かせない
結局おれではだめなのかなあ
みんなはもう飯もすんだのか
改めてまたどらをうったり手を叩《たた》いたり
林いっぱい大へんにぎやかになった
向ふはさっき
みんなといっしょに入った鳥居
しだれのやなぎや桜や水
鳥居は明るいま夏の野原にひらいてゐる
あゝ杉を出て社殿《しやでん》をのぼり
絵馬や格子《かうし》に囲まれた
うすくらがりの板の上に
からだを投げておれは泣きたい
けれどもおれはそれをしてはならない

無畏《むゐ》　無畏
断じて進め

「疾《しっ》中《ちゅう》」より

眼にて云ふ

だめでせう
とまりませんな
がぶがぶ湧《わ》いてゐるですからな
ゆふべからねむらず血も出つづけなもんですから
そこらは青くしんしんとして
どうも間もなく死にさうです
けれどもなんといゝ風でせう
もう清明が近いので
あんなに青ぞらからもりあがって湧くやうに

きれいな風が来るですな
もみぢの嫩芽《わかめ》と毛のやうな花に
秋草のやうな波をたて
焼痕《やけあと》のある藺草《ゐぐさ》のむしろも青いです
あなたは医学会のお帰りか何かは知りませんが＊
黒いフロックコートを召《め》して
こんなに本気にいろいろ手あてもしていたゞけば
これで死んでもまづは文句もありません
血がでてゐるにかゝはらず
こんなにのんきで苦しくないのは
魂魄《こんぱく》なかばからだをはなれたのですかな
たゞどうも血のために
それを云へないがひどいです
あなたの方からみたらずいぶんさんたんたるけしきでせうが
わたくしから見えるのは

やっぱりきれいな青ぞらと
すきとほった風ばかりです。

〔手は熱く足はなゆれど〕

手は熱く足はなゆれど
われはこれ塔建《たふ》つるもの
滑《すべ》り来し時間の軸《ぢく》の
をちこちに美《は》ゆくも成りて
燦々《さんさん》と暗《やみ》をてらせる
その塔のすがたかしこし

〔丁丁丁丁丁〕

　　　丁丁丁丁丁＊
　　　丁丁丁丁丁
叩《たた》きつけられてゐる　丁
叩きつけられてゐる　丁
藻《も》でまっくらな　丁丁丁
塩の海　丁丁丁丁丁
熱　丁丁丁丁丁
熱　熱　丁丁丁
（尊々殺々殺
殺々尊々々
尊々殺々殺
殺々尊々尊）

ゲニイめたうとう本音を出した
やってみろ　　丁丁丁
きさまなんかにまけるかよ
何か巨《おほ》きな鳥の影
　ふう　　　　丁丁丁
海は青じろく明け　　丁
もうもうあがる蒸気のなかに
香《かう》ばしく息づいて泛《うか》ぶ
巨きな蕾《つぼみ》がある*

〔風がおもてで呼んでゐる〕

風がおもてで呼んでゐる
「さあ起きて

赤いシャッツと
いつものぼろぼろの外套《ぐわいたう》を着て
早くおもてへ出て来るんだ」と
風が交々《こもごも》叫《さけ》んでゐる
「おれたちはみな
おまへの出るのを迎へるために
おまへのすきなみぞれの粒《つぶ》を
横ぞっぽうに飛ばしてゐる
おまへも早く飛びだして来て
あすこの稜《かど》ある巌《いは》の上
葉のない黒い林のなかで
うつくしいソプラノをもった
おれたちのなかのひとりと
約束通り結婚しろ」と
繰《く》り返し繰り返し

風がおもてで叫んでゐる

夜

これで二時間
咽喉《のど》からの血はとまらない
おもてはもう人もあるかず
樹《き》などしづかに息してめぐむ春の夜
こゝこそ春の道場で
菩薩《ぼさつ》は億の身をも棄《す》て
諸仏《しよぶつ》はこゝに涅槃《ねはん》し住し給《たま》ふ故《ゆゑ》
こんやもうこゝで誰《だれ》にも見られず
ひとり死んでもいゝのだと
いくたびさうも考《かんがへ》をきめ

自分で自分に教へながら
またなまぬるく
あたらしい血が湧《わ》くたび
なほほのじろくわたくしはおびえる

「文語詩稿」より

〔いたつきてゆめみなやみし〕

いたつきてゆめみなやみし、　（冬なりき）誰《たれ》ともしらず、
そのかみの高麗《こま》の軍楽、　うち鼓《こ》して過《よ》ぎれるありき。
その線の工事了《をは》りて、　あるものはみちにさらばひ、
あるものは火をはなつてふ、　かくてまた冬はきたりぬ。

五　輪　峠《たうげ》

五輪峠と名づけしは、　地輪水輪また火風、

（巌《いはほ》のむらと雪の松）　峠五つの故《ゆゑ》ならず。
ひかりうづまく黒の雲、　ほそぼそめぐる風のみち、
苔《こけ》蒸す塔《たふ》のかなたにて、　大野青々みぞれしぬ。

流《ザ》　氷《エ》

はんのきの高き梢《うれ》より、　きらゝかに氷華《ひようくわ》をおとし、
汽車はいまやゝにたゆたひ、　北上のあしたをわたる。
見はるかす段丘の雪、　なめらかに川はうねりて、
天青石《アヅライト》*まぎらふ水は、　百千の流氷《ザエ》を載《の》せたり。
あゝきみがまなざしの涯《はて》、　うら青く天盤は澄《す》み、

もろともにあらんと云ひし、　そのまちのけぶりは遠き。
南はも大野のはてに、　ひとひらの吹雪《ふぶき》わたりつ、
日は白くみなそこに燃え、　うららかに氷はすべる。

〔夜をま青き藺《ゐ》むしろに〕*

夜をま青き藺むしろに、　ひとびとの影さゆらげば、
遠き山ばた谷のはた、　たばこのうねの想ひあり。
夏のうたげにはべる身の、　声をちゞれの髪《かみ》をはぢ、
南かたぶく天の川、　ひとりたよりとすかし見る。

〔きみにならびて野にたてば〕

きみにならびて野にたてば、　風きららかに吹ききたり、
柏《かしは》ばやしをとゞろかし、　枯葉を雪にまろばしぬ。
げにもひかりの群青《ぐんじやう》や、　山のけむりのこなたにも、
鳥はその巣やつくろはん、　ちぎれの艸《くさ》をついばみぬ。

〔林の中の柴《しば》小屋に〕

林の中の柴小屋に、　醸《かも》し成りたる濁《にご》り酒、　一筒《ひとつつく》汲みて帰り来し、
むかし誉《ほま》れの神童は、　面青膨《あをぶく》れて眼ひかり、　秋はかたむく山里を、
どてら着て立つ風の中。　西は縮《ちぢ》れて雲傷《いた》み、　青き大野のあちこちに、

雨かとそゝぐ日のしめり、　こなたは古りし苗代《なはしろ》の、　刈敷朽《く》ちぬと水黝《くろ》き、
なべて丘にも林にも、　たゞ鳴る松の声なれば、　あはれさびしと我家の、
門立ち入りて白壁《しらかべ》も、　落ちし土蔵の奥《おく》二階、　梨《なし》の葉かざす窓べにて、
筒のなかばを傾《かたむ》けて、　その歯に風を吸ひつゝも、　しばしをしんとものおもひ、
夜に日をかけて工《たく》み来し、　いかさまさいをぞ手にとりにける。

雪の宿

ぬさをかざして山つ祇《かみ》、　舞ふはぶらいの町の書記、
うなじはかなく瓶《へい》とるは、　峡《かひ》には一のうためなり。
をさけびたけり足ぶみて、　をどりめぐれるすがたゆゑ、
老いし博士《はくし》や郡長《こほりをさ》、　や、凄涼《せいりやう》のおもひなり。

月や出《い》でにし雪青み、　　をちこち犬の吠《ほ》ゆるころ、
舞ひを納めてひれふしつ、　　罪乞《こ》ふさまにみじろがず。
あなや否《いな》とよ立てきみと、　　博士が云へばたちまちに、
けりはねあがり山つ祇、　　をみなをとりて消えうせぬ。

〔川しろじろとまじはりて〕

川しろじろとまじはりて、　　うたかたしげきこのほとり、
病《いたつ》きつかれわが行けば、　　そらのひかりぞ身を責むる。
宿世《すくせ》のくるみはんの毬《まり》、　　干割《ひわ》れて青き泥岩《でいがん》に、
はかなきかなやわが影の、　　卑《いや》しき鬼をうつすなり。

蒼茫《さうばう》として夏の風、　草のみどりをひるがへし、
ちらばる蘆《あし》のひら吹きて、　あやしき文字を織りなしぬ。

生きんに生きず死になんに、　得こそ死なれぬわが影を、
うら濁る水はてしなく、　さゝやきしげく洗ふなり。

〔血のいろにゆがめる月は〕*

血のいろにゆがめる月は、　今宵《こよひ》また桜をのぼり、
患者《くわんじや》たち廊のはづれに、　凶事《まがごと》の兆《きざし》を云《い》へり。

木がくれのあやなき闇《やみ》を、　声細くいゆきかへりて、
熱植ゑし黒き綿羊、　その姿いともあやしき。

月しろは鉛糖のごと、　柱列の廊をわたれば、
コカインの白きかをりを、　いそがしくよぎる医師あり。

しかもあれ春のをとめら、　なべて且《か》つ耐《た》へほゝゑみて、
水銀の目盛を数へ、　玲瓏《れいろう》の氷を割《さ》きぬ。

〔玉蜀黍《きみ》を播《ま》きやめ環《わ》にならべ〕

「玉蜀黍を播きやめ環にならべ、　開所の祭近ければ、
さんさ踊《をど》りをさらひせん。」　技手農婦らに令しけり。
野は野のかぎりめくるめく、　青きかすみのなかにして、
まひるをひとらうちをどる、　袖《そで》をかざしてうちをどる。

さあれひんがし一つらの、　うこんざくらをせなにして、
所長中佐は胸たかく、　野面《のづら》はるかにのぞみゐる。
「いそぎひれふせ、ひざまづけ、　みじろがざれ。」と技手云《い》へば、
種子《たね》やまくらんいこふらん、　ひとらかすみにうごくともなし。

母*

雪袴《ゆきばかま》黒くうがちし　うなゐの子瓜食《うりは》みくれば
風澄《す》めるよもの山はに　うづまくや秋のしらくも
その身こそ瓜も欲《ほ》りせん　齢弱《としわか》き母にしあれば
手すさびに紅《あか》き萓穂《かやぼ》を　つみつどへ野をよぎるなれ

岩手公園*

「かなた」と老いしタピング*は、
杖《つゑ》をはるかにゆびさせど、
東はるかに散乱の、
さびしき銀は声もなし。

なみなす丘はぼうぼうと、
青きりんごの色に暮れ、
大学生のタピングは、
口笛軽く吹きにけり。

老いたるミセスタッピング、
「去年《こぞ》なが姉はこゝにして、
中学生の一組に、
花のことばを教へしか。」

弧光燈《アークライト》にめくるめき、
羽虫の群のあつまりつ、
川と銀行木のみどり、
まちはしづかにたそがるゝ。

早春

黒雲峡《かひ》を乱れ飛び　技師ら亜炭の火に寄りぬ
げにもひとびと崇《あが》むるは　青き Gossan* 銅の脈
わが索《もと》むるはまことのことば
雨の中なる真言なり*

旱《かん》害《がい》地帯

多くは業にしたがひて　指うちやぶれ眉《まゆ》くらき
学びの児《こ》らの群なりき
花と侏儒《しゆじゆ》とを語れども　刻めるごとく眉くらき

稔《みの》らぬ土の児らなりき
　……村に県《あがた》にかの児らの　二百とすれば四万人
　四百とすれば九万人……
ふりさけ見ればそのあたり　藍暮《あゐく》れそむる松むらと
かじろき雪のけむりのみ

　　岩《がん》頸《けい》列《れつ》

西は箱《はこ》ケと毒《ドグ》ケ森、　椀《わん》コ、南昌《なんしやう》、東根＊の、
古き岩頸《ネック》＊の一列に、　氷霧《ひようむ》あえかのまひるかな。
からくみやこにたどりける、　芝雀《しじやく》＊は旅をものがたり、

「その小屋掛けのうしろには、　寒げなる山によきによきと、
立ちし」とばかり口つぐみ、　とみにわらひにまぎらして、
渋茶《しぶちや》をしげにのみしてふ、　そのことまことうべなれや。

山よほのぼのひらめきて、　わびしき雲をふりはらへ、
その雪尾根をかゞやかし、　野面《のづら》のうれひを燃し了《おほ》せ。

〔鶯宿《あうしゆく》はこの月の夜を雪ふるらし〕*

鶯宿*はこの月の夜を雪ふるらし。
鶯宿はこの月の夜を雪ふるらし、　黒雲そこにてたゞ乱れたり。
七つ森の雪にうづみしひとつなり、　けむりの下を逼《せま》りくるもの。
月の下なる七つ森のそのひとつなり、　かすかに雪の皺《しわ》たゝむもの。
月をうけし七つ森のはてのひとつなり、　さびしき谷をうちいだくもの。

月の下なる七つ森のその三つなり、　小松まばらに雪を着るもの。
月の下なる七つ森のその二つなり、　オリオンと白き雲とをいたゞけるもの。
七つ森の二つがなかのひとつなり、　鉱石《かね》など掘りしあとのあるもの。
月の下なる七つ森のなかの一つなり、　雪白々と裾《すそ》を引くもの。
月の下なる七つ森のその三つなり、　白々として起伏《きふく》するもの。
七つ森の三つがなかの一つなり、　貝のぼたんをあまた噴《ふ》くもの。
月の下なる七つ森のはての一つなり、　けはしく白く稜立《かどだ》てるもの。
稜立てる七つ森のそのはてのもの、　旋《めぐ》り了《をは》りてまこと明るし。

巨《きよ》　豚《とん》

巨豚ヨークシヤ*銅の日に、　金毛となりてかけ去れば、
棒をかざして髪《かみ》ひかり、　追ふや里長のまなむすめ。

日本里長森を出《い》で、　小手をかざして刻《とき》を見る、
鬚《ひげ》むしやむしやと物喰《は》むや、　麻布も青くけぶるなり。

日本の国のみつぎとり、　里長を追ひて出で来り、
えりをひらきてはたはたと、　紙の扇《あふぎ》をひらめかす。
巨豚ヨークシャ銅の日を、　こまのごとくにかたむきて、
旋《めぐ》れば降《くだ》つ栗の花、　消ゆる里長のまなむすめ。

〔塀《へい》のかなたに嘉菟治《かとぢ》かも〕

塀のかなたに嘉菟治かも、*　ピアノぽろろと弾きたれば、
一、あかきひのきのさなかより、　春のはむしらをどりいづ。
二、あかつちいけにかゞまりて、　烏《からす》にごりの水のめり。

あはれつたなきソプラノは、　　　　ゆふべの雲にうちふるひ、
灰まきびとはひらめきて、　　　　桐《きり》のはたけを出《い》できたる。

〔腐植土《ふしよくど》のぬかるみよりの照り返し〕

腐植土のぬかるみよりの照り返し、　　　　材木の上のちひさき露店《ろてん》。
腐植土のぬかるみよりの照り返しに、　　　　二銭の鏡あまたならべぬ。
腐植土のぬかるみよりの照り返しに、　　　　すがめの子一人りんと立ちたり。
よく掃除せしラムプをもちて腐植土の、　　　　ぬかるみを駅夫大股《おほまた》に行く。
風ふきて広場広場のたまり水、　　　　いちめんゆれてさゞめきにけり。
こはいかに赤きずぼんに毛皮など、　　　　春木ながしの人のいちれつ。
なめげに見高らかに云《い》ひ木流しら、　　　　鳶《とび》をかつぎて過ぎ行きにけり。
列すぎてまた風ふきてぬかり水、　　　　白き西日にさゞめきたてり。

西根よりみめよき女きたりしと、　角の宿屋に眼がひかるなり。
かつきりと額を剃《そ》りしすがめの子、　しきりに立ちて栗をたべたり。
腐植土のぬかるみよりの照り返しに　二銭の鏡売る、ともなし。

田園迷信

十の蜂舎の成りしとき
よき園成さば必らずや
鬼ぞうかがふといましめし
かしらかむろのひとありき
山はかすみてめくるめき
桐《きり》むらさきに燃ゆるころ
その農園の扉《と》を過ぎて

苺需《いちごもと》めしをとめあり
そのひとひるはひねもすを
風にガラスの点を播《ま》き
夜はよもすがらなやましき
うらみの歌をうたひけり

若きあるじはひとひらの
白銅をもて帰れるに
をとめしづかにつぶやきて
この園われが園といふ

かくてくわりんの実は黄ばみ
池にぬなは*の枯るゝころ
をみなとなりしそのをとめ

園をば町に売りてけり

八　戸*

さやかなる夏の衣して
ひとびとは汽車を待てども
疾《や》みはてしわれはさびしく
琥珀《こはく》もて客を待つめり

この駅はきりぎしにして
玻璃《はり》の窓海景を盛《も》り
幾条の遥《はる》けき青や
岬《みさき》にはあがる白波

南なるかの野の町に
歌ひめとなるならはしの
かゞやける唇《くちびる》や頬《ほほ》
われとても昨日はありにき

かのひとになべてを捧《ささ》げ
かゞやかに四年を経しに
わが胸はにはかに重く
病葉《わくらば》と髪《かみ》は散りにき

モートルの爆音《ばくおん》高く
窓過ぐる黒き船あり
ひらめきて鷗《かもめ》はとび交ひ
岩波はまたしもあがる

そのかみもうなゐなりし日
こゝにして琥珀うりしを
あゝいまはうなゐとなりて
かのひとに行かんすべなし

〔ながれたり〕

ながれたり
夜はあやしく陥《おち》りて
ゆらぎ出《い》でしは一むらの
陰極線《いんきよくせん》の盲《しひ》あかり
また蛍光《けいくわう》の青らむと
かなしく白き偏光《へんくわう》の類
ましろに寒き川のさま

地平わづかに赤らむは
あかつきとこそ覚ゆなれ
（そもこれはいづちの川のけしきぞも）
げにながれたり水のいろ
ながれたりげに水のいろ
このあかつきの水のさま
はてさへしらにながれたり
（そもこれはいづちの川のけしきぞも）
明るくかろき水のさま
寒くあかるき水のさま
（水いろなせる川の水
水いろ川の川水を
何かはしらねみづいろの
かたちあるものながれ行く）
青ざめし人と屍《しかばね》　数もしら

水にもまれてくだり行く
水いろの水と屍　数もしら
（流れたりげに流れたり）

また下りくる大筏《おほいかだ》
まなじり深く鼻高く
腕うちくみてみめぐらし
一人の男うち座する
見ずや筏は水いろの
屍よりぞ組み成さる
髪《かみ》みだれたるわかものの
筏のはじにとりつけば
筏のあるじ瞳《まみ》赤く
頬《ほほ》にひらめくいかりして

わかものの手を解き去りぬ
げにながれたり水のいろ
ながれたりげに水のいろ
このあかつきの水のさま
はてさへしらにながれたり

共にあをざめ救はんと
流れの中に相寄れる
今は却《かへ》りて争へば
その髪みだれ行けるあり
（対岸の空うち爛《ただ》れ
　赤きは何のけしきぞも）
流れたりげに流れたり
はてさへしらにながるれば

わが眼はつかれいまはさて
ものおしなべてうちかすみ
たゞほのじろの川水と
うすらあかるきそらのさま

おゝ頭ばかり頭ばかり
きりきりきりとはぎしりし
流れを切りてくるもあり

死人の肩《かた》を嚙《か》めるもの
さらに死人のせを嚙めば
さめて怒《いか》れるものもあり
ながれたりげにながれたり
川水軽くかゞやきて

たゞ速《すみや》かにながれたり
　（そもこれはいづちの川のけしきぞも
　　人と屍と群れながれたり）
あゝ流れたり流れたり
水いろなせる屍と
人とをのせて水いろの
水ははてなく流れたり

〔まひるつとめにまぎらひて〕

まひるつとめにまぎらひて
きみがおもかげ来ぬひまは
こころやすらひはたらきし

そのことなにかねたましき
新月きみがおももちを
つきの梢《こずゑ》にかゝぐれば
凍《こほ》れる泥《どろ》をうちふみて
さびしく恋ふるこゝろかな

雪《せっ》峡《けふ》*

塵《ちり》のごと小鳥なきすぎ
ほこ杉の峡《かひ》の奥より
あやしくも鳴るや　み神楽《かぐら》
いみじくも鳴るや　み神楽

たゞ深し天の青原
雲が燃す白金環《はくきんくわん》と
白金の黒の窟《いはや》を
日天子奔《はい》せ出でたまふ

国柱会

外《と》の面《も》には春日うららに
ありとあるひびきなせるを
灰いろのこの館《やかた》*には
百の人けはひだになし

台の上桜はなさき
行楽の士女さゞめかん

この館はひえびえとして
泉石をうち繞《めぐ》りたり
大居士《だいこじ》*は眼をいたみ
はや三月人の見るなく
智応氏*はのどをいたづき
巾《きれ》巻きて廊に按《あん》ぜり

崖下にまた笛鳴りて
東へととゞろき行くは
北国の春の光を
百里経て汽車の着きけん

祭日〔二〕

アナロナビクナビ*睡《ねむ》たく桐《きり》咲きて
峡《かひ》に瘧《おこり》のやまひつたはる

ナビクナビアリナリ赤き幡《はた》もちて
草の峠《たうげ》を越《こ》ゆる母たち

ナリトナリアナロ御堂《みだう》のうすあかり
毘《び》沙門《しやもん》像*に味噌《みそ》たてまつる

アナロナビクナビ踏《ふ》まるゝ天の邪鬼
四方につゝどり鳴きどよむなり

敗れし少年の歌へる*

ひかりわなくあけぞらに
清麗《せいれい》サフィアのさまなして
きみにたぐへるかの惑星《ほし》の
いま融《と》け行くぞかなしけれ

雪をかぶれるびやくしんや
百の海岬いま明けて
あをうなばらは万葉の
古きしらべにひかれるを

夜はあやしき積雲の
なかより生れてかの星ぞ

さながらきみのことばもて
われをことひ燃えけるを
よきロダイト*のさまなして
ひかりわなゝくかのそらに
溶《と》け行くとしてひるがへる
きみが星こそかなしけれ

「三原三部」より

三原　第一部

ぼんやりこめた煙《けむり》のなかで
澱《よど》んだ夏の雲のま下で
鉄の弧《こ》をした永代橋《えいたいばし》が
にぶい色した一つの電車を通したときに
もうこの船はうごいてゐた

しゅんせつ船の黒い函《はこ》
赤く巨《おほ》きな二つの煙突
あちこちに吹く石油のけむり

またなまめかしい岸の緑の草の氈《せん》
　この東京のけむりのなかに
　一すぢあがる白金ののろし
　　東は明るく
　幾箇《いくこ》はたらくその水平な鉄の腕
うづまくけむりと雲の下
浜の離宮《りきゆう》の黒い松の梢《こずゑ》には
鶴《つる》もむれまた鵝《がてう》もむれる
　　きらきら光って
　船から船へ流れて落ちる黒炭の屑《くづ》
　へさきの上でほのほも見えずたかれる火

西はいま黒鉛のそら
いくすぢひかる水脈《みを》のうね

ガスの会社のタンクとやぐら
しづかに降りる起重機の腕

中の台場に立つものは
低い燈台四本のポール
三角標にやなぎとくるみ
緑の草は絨《じゆう》たんになり
南面はひかる草穂《くさぼ》なみ
その石垣のふもとには
川から棄《す》てた折函《をりばこ》や、、
向ふからいまひかって来るのは
小く白いモーターボートと
ひきづなにつゞく

九隻《せき》の汽船

次の台場は草ばかり
またその次は草も剝《は》ぎ
黄土あらはに楊《やなぎ》も見えず
うしろはけぶる東京市
ことにも何か、、の
その灰いろの建物と
同じいいろの煙突そらにけむりを吐けば
　　そのしたからもくろけむり

早くも船は海にたちたる鉄さくと
鉄の門をば通り抜け
月光いろの泡をたて

アクチノライト*の水脈をも引いて
砒素《ひそ》鏡などをつくりはじめる
　品川の海
品川の海

甘ずっぱい雲の向ふに
船もうちくらむ品川の海
海気と甘ずっぱい雲の下
なまめかしく青い水平線に
日に蔭《かげ》るほ船の列が
夢のやうにそのおのおののいとなみをする

……南の海の
　南の海の
はげしい熱気とけむりのなかから

ひらかぬまゝにさえざえ芳《かを》り
つひにひらかず水にこぼれる
巨《おほ》きな花の蕾《つぼみ》*がある……

#「東京」より

浮世絵展覧会印象

膠《にかは》とわづかの明礬《みやうばん》が
……お、その超絶顕微鏡《てうぜつけんびきやう》的に
　微細精巧《せいかう》の億兆の網《あみ》……
まっ白な楮《かうぞ》の繊維《せんゐ》を連結して
湿気《しつき》によってごく敏感に増減し
気温によっていみじくいみじく呼吸する
長方形のごくたよりない一つの薄い層をつくる
　いまそこに
あやしく刻みいだされる

雪肉乃至《ないし》象牙《ざうげ》のいろの半肉彫像《てうざう》
　愛染《あいぜん》される
　一乃至九の単色調
　それは光波のたびごとに
　もろくも崩《くづ》れて色あせる
見たまへこれら古い時代の数十の頰《ほほ》は
あるいは解き得ぬわらひを湛《たた》へ
あるいは解き得てあまりに熱い情熱を
その細やかな眼にも移して
褐色《かつしよく》タイルの方室のなか
茶いろなラッグの壁上《へきじやう》に
巨《おほ》きな四次の軌跡《きせき》をのぞく
窓でもあるかとかかってゐる
高雅《かうが》優美な信教と
風韻《ふうゐん》性の遺伝をもった

王国日本の洗練された紳士女《しんしぢよ》が
つゝましくいとつゝましくその一一の
十二平方デシにも充《み》たぬ
小さな紙片《しへん》をへめぐって
或《あるい》はその愛慾《あいよく》のあまりにもやさしい模型から
胸のなかに燃え出でようとする焔《ほのほ》を
はるかに遠い時空のかなたに浄化《じやうくわ》して
足音軽く眉《まゆ》も気高く行きつくし
あるいはこれらの遠い時空の隔《へだた》りを
たゞちに紙片の中に移って
その古い慾情の香を呼吸して
こゝろもそらに足もうつろに行き過ぎる
そこには苹果《りんご》青のゆたかな草地や
曇《くも》りのうすいそらをうつしてたゝへる水や

はるかに光る小さな赤い鳥居から
幾列飾る硅孔雀石《けいくじやく》の杉の木や
　永久的な神仙国の創建者
　形によれる最偉大な童話の作家

どんよりとよどんだ大気のなかでは
風も大へんものうくて
あまりにもなやましいその人は
丘阜《きうふ》に立ってその陶製《たうせい》の盃の
一つを二つを三つを投げれば
わづかに波立つその膠質の黄いろの波
　その一一の波こそは
　こゝでは巨きな事蹟《じせき》である
それに答へてあらはれるのは

はじめてまばゆい白の雲
それは小松を点々のせた
黄いろな丘をめぐってこっちへうごいてくる

　　一つのちがった atmosphere と
　無邪気な地物の設計者

人はやっぱり秋には
禾穂《くわすい》を叩《たた》いたり
鳴子を引いたりするけれども
氷点は摂氏十度であって
雪はあたかも風の積った綿であり
柳の波に積むときも
まったくちがった重力法によらねばならぬ
夏には雨が
黒いそらから降るけれども

笹《ささ》ぶねをうごかすものは
風よりはむしろ好奇《かうき》の意思であり
蓮《はす》はすべて lotus　といふ種類で
開くときには鼓《つづみ》のやうに
暮《くれ》の空気をふるはせる

しかもこれらの童期はやがて
熱くまばゆい青春になり
ゆたかな愛憐《あいれん》の瞳《ひとみ》もをどり
またそのしづかな筋骨《きんこつ》も軋《きし》る
赤い花火とはるかにひかる水のいろ
たとへばまぐろのさしみのやうに
妖冶《えうや》な赤い唇《くちびる》や
その眼のまはりに
あゝ風の影とも見え

また紙がにじみ出したとも見える
このはぢらひのうすい空色
青々としてそり落された淫蕩《いんたう》な眉
鋭い三日の月もかゝれば
つかれてうるむ瞳にうつる
町並の屋根の灰いろをした正反射
黒いそらから風が通れば
やなぎもゆれて
風のあとから過ぎる情炎《じやうえん》

やがては ultra youthfulness の
その数々の風景と影
赤くくまどる奇怪な頰や
逞《たく》ましく人を恐れぬ咆哮《はうかう》や

魔神《まじん》はひとにのりうつり
青くくまどるひたひもゆがみ
うつろの瞳もあやしく伏《ふ》せて
修弥《しゅみ》頂上から舌を出すひと
青い死相を眼に湛へ
蘆《あし》の花咲く迷の国の渚《なぎさ》に立って
髪《かみ》もみだれて刃《やいば》も寒く
怪《あや》しく所作する死の舞《まひ》
白衣に黒の髪みだれ
死をくまどれる青の面
雪の反射のなかにして
鉄の鏡をさゝげる人や
あゝ浮世絵の命は刹那《せつな》
あらゆる刹那のなやみも夢も
にかはと楮のごく敏感なシートの上に

化石のやうに固定され
しかもそれらは空気に息づき
光に色のすがたをも変へ
湿気にその身を増減して
幾片幾片
不敵な微笑をつゞけてゐる

高雅の　　　　　、、
　　　　　　　　、、をもった
日本
　　　　　　　　　、、
つゝましく　いとつゝましく

恐らくこれらの　　　　　　、、、たちは
その　をばことさら　　　　より　　し
その　は　　　　　　　　　　、、、

やがて来るべき新らしい時代のために
わらっておのおの十字架を負ふ
そのやさしく勇気ある日本の紳士女の群は
すべての苦痛をもまた快楽と感じ得る

褐色タイルのこのビルデングのしづかな空気
天の窓張る乳いろガラスの薄やみのなかから
青い桜の下暗《したやみ》のなかに
いとつゝましく漂ひ出でる

補遺詩篇より

ある恋

なんだこの眼は　何十年も見た眼だぞ
昨日も今日も問ひ答へしたあの眼だぞ
向ふもじっと見てゐるぞ
清楚《せいそ》なたましひたゞそのもの

〔雨ニモマケズ〕*

雨ニモマケズ

風ニモマケズ
雪ニモ夏ノ暑サニモマケヌ
丈夫《ヂヤウブ》ナカラダヲモチ
慾《ヨク》ハナク
決シテ瞋《イカ》ラズ
イツモシヅカニワラッテヰル
一日ニ玄米《ゲンマイ》四合ト
味噌《ミソ》ト少シノ野菜ヲタベ
アラユルコトヲ
ジブンヲカンヂャウニ入レズニ
ヨクミキキシワカリ
ソシテワスレズ
野原ノ松ノ林ノ蔭《カゲ》ノ
小サナ萱《カヤ》ブキノ小屋ニヰテ
東ニ病気ノコドモアレバ

行ッテ看病シテヤリ
西ニツカレタ母アレバ
行ッテソノ稲ノ束ヲ負ヒ
南ニ死ニサウナ人アレバ
行ッテコハガラナクテモイヽトイヒ
北ニケンクヮヤソショウガアレバ
ツマラナイカラヤメロトイヒ
ヒデリ*ノトキハナミダヲナガシ
サムサノナツハオロオロアルキ
ミンナニデクノボートヨバレ
ホメラレモセズ
クニモサレズ
サウイフモノニ
ワタシハナリタイ

小作調停官

西暦《せいれき》一千九百三十一年の秋の
このすさまじき風景を
恐らく私は忘れることができないであらう
見給《みたま》へ黒緑の鱗松や杉の森の間に
ぎっしりと気味の悪いほど
穂《ほ》をだし粒《つぶ》をそろへた稲が
まだ油緑や橄欖《かんらん》緑や
あるいはむしろ藻《も》のやうないろして
ぎらぎら白いそらのしたに
そよともうごかず湛《たた》へてゐる
このうち潜《ひそ》むすさまじさ
すでに土用の七月には

南方の都市に行つてゐた画家たちや
ableなる楽師たち
次々郷里に帰つてきて
いつもの郷里の八月と
まるで違つた緑の種類の
豊富なことに愕《おどろ》いた
それはおとなしいひはいろから
豆いろ乃至《ないし》うすいピンクをさへ含《ふく》んだ
あらゆる緑のステージで
画家は曾《か》つて感じたこともない
ふしぎな緑に眼を愕かした
けれどもこれら緑のいろが
青いまんまで立つてゐる田や
その藁《わら》は家畜《かちく》もよろこんで喰《た》べるではあらうが
人の飢《うゑ》をみたすとは思はれぬ

その年の憂愁《いうしう》を感ずるのである

〔雨すぎてたそがれとなり〕

雨すぎてたそがれとなり
森はたゞ海とけぶるを

夜

……Donald Caird can lilt and sing,
brithly dance the hehland
highland* だらうか

誰《だれ》かが泣いて

誰か女がはげしく泣いて
雪、麻《あさ》、はがね、暗《やみ》の野原を河原を
川へ、凍《こほ》った夜中の石へ走って行く、
わたくしははねあがらうか、
あ、川岸へ棄《す》てられたまゝ死んでゐた
赤児《あかご》に呼ばれた母が行くのだ
崖《がけ》の下から追ふ声が
あ、その声は……
もう聞くな　またかんがへるな
……Donald Caird can lilt and sing,
もうい、のだ　つれてくるのだ　声がすっかりしづまって
まっくろないちめんの石だ

春

水星少女歌劇団一行

（ヨハンネス！＊　ヨハンネス！　とはにかはらじを
ヨハンネス！　ヨハンネス！　とはにかはらじを……）
（あらドラゴン！　ドラゴン！）
（まあドラゴンが飛んで来たわ）
（ドラゴン、ドラゴン！　香油《かうゆ》をお呉《く》れ）
（ドラゴン！　ドラゴン！　香油をお呉れ）
（あの竜《ドラゴン》、翅《はね》が何だかびっこだわ）
（片っ方だけぴいんと張って東へ方向を変へるんだわ）
（香油を吐いて落してくれりゃ、座主《マスター》だって助かるわ）
（竜の吐くのは夏だけだって）
（そんなことないわ　春だって吐くわ）

（夏だけだわよ）
（春でもだわよ）
（何を喧嘩《けんくわ》してんだ）
（ねえ、勲爵士《ナイト》、竜の吐くのは夏だけだわね）
（春もだわねえ、強いジョニー！）
（あ、竜《ドラゴン》の香料か。あれは何でもから松か何か
新芽をあんまり食ひすぎて、胸がやけると吐くんださうだ）
（するといったいどっちなの!!）
（つまりは春とか夏とかは、季節の方の問題だ、
竜の勝手にして見ると、なるべく青いゝ芽をだな、
翅をあんまりうごかさないで、なるべくたくさん食ふのがいゝといふ訳さ
ふうい、天気だねえ、どうだ、水百合《みづゆり》が盛《さか》んに花粉を噴《ふ》くぢゃあないか。）
沼地はプラットフォームの東、いろいろな花の爵やカップが、代る代る厳《いか》め
しい蓋《ふた》を開けて、青や黄いろの花粉を噴くと、それはどんどん沼に落ちて渦《うづ》
になったり条になったり株の間を滑《すべ》ってきます。

(ねえジョニー、向ふの山は何ていふの？)
(あれが名高いセニヨリタスさ)
(まあセニヨリタス！)
(まあセニヨリタス！)
(あの白いのはやっぱり雪？)
(雪ともさ)
(水いろのとこ何でせう)
(谷がかすんでゐるんだよ
お、燃え燃ゆるセニヨリタス
ながもすそなる水いろと銀なる襞《ひだ》をととのへよ
といってね)
(けむりを吐いてゐないぢゃない？)
(けむをはいたは昔のことさ)
(そんならいまは死火山なの)
(瓦斯《ガス》をすこうし吐いてるさうだ)

（あすこの上にも人がゐるの）
（居るともさ、それがさっきのヨハンネスだらう、汽車の煙《けむり》がまだ見えないな）
ジョニーは向ふへ歩いて行き、向ふの小さな泥洲《どろす》では、ぼうぼうと立つ白い
湯気のなかを、蟇《がま》がつるんで這《は》ってゐます。

肺炎

この蒼《あを》ぐらい巨《おほ》きな室《へや》が
どうしておれの肺なのだらう
そこでひがんだ小学校の教師らが
もう四時間もぶつぶつ会議を続けてゐる
ぽむぷはぽむぷでがたぴし云ふ
手足はまるでありかもなにもわからない
もうそんなものみんなおれではないらしい

たゞまあ辛くもかう思ふのがおれなだけ
なにを！　思ふのは思ふだけ
おれだか何だかわかったもんか
そんならおれがないかと云へば……
何を糞《くそ》！　いまごろそんな

歌曲より

精神歌

日ハ君臨シカガヤキハ
白金ノアメソソギタリ
ワレラハ黒キツチニ俯シ
マコトノクサノタネマケリ

日ハ君臨シ穹窿《キユウリユウ》ニ
ミナギリワタス青ビカリ
ヒカリノアセヲ感ズレバ
気圏《キケン》ノキハミ隈《クマ》モナシ

日ハ君臨シ玻璃《ハリ》ノマド
清澄《セイチヨウ》ニシテ寂《シヅ》カナリ
サアレマコトヲ索《モト》メテハ
白堊《ハクア》ノ霧《キリ》モアビヌベシ

日ハ君臨シカガヤキノ
太陽系ハマヒルナリ
ケハシキタビノナカニシテ
ワレラヒカリノミチヲフム

川村 悟郎 原曲

Moderato
ひ はくん りんーし かがやきー はー
ひ はくん りんーし きゅうりゅうー にー
はくきん の あーめ そそぎ たりー
みなぎり わ たーす あをびかりー
われらは くろーき つちにふーしー
ひかりの あせーを かんずれーばー
まこーとのー くさの たねーまけりー
きけーんのー きはみ くまーもなしー

出典：「校本宮澤賢治全集」第六巻（筑摩書房）

牧歌

（「種山ヶ原の夜」の歌〔三〕）

種山ヶ原の雲の中《なが》で刈った草は
どごさが置いだが忘れだ　雨ぁふる
種山ヶ原のせ高《だが》の芒《すすぎ》あざみ
刈ってで置ぎわすれで雨ぁふる
　雨ぁふる
種山ヶ原の霧の中《なが》で刈った草さ
わすれ草も入《はえ》ったが忘れだ
　雨ぁふる

種山ヶ原の置ぎわすれの草のたばは
どごがの長嶺《ながね》でぬれでる　ぬれでる
種山ヶ原の長嶺さ置いだ草は
雲に持ってがれで無ぐなる　無ぐなる
種山ヶ原の長嶺の上の雲を
ぼっかげで見れば無ぐなる　無ぐなる

出典：「校本宮澤賢治全集」第六巻（筑摩書房）

星めぐりの歌

あかいめだまのさそり
ひろげた鷲《わし》のつばさ
あをいめだまの小いぬ
ひかりのへびのとぐろ
オリオンは高くうたひ
つゆとしもとをおとす

アンドロメダのくもは
さかなのくちのかたち
大ぐまのあしをきたに
五つのばしたところ
小熊のひたひのうへは
そらのめぐりのめあて

出典：「校本宮澤賢治全集」第六巻（筑摩書房）

大《だい》菩《ぼ》薩峠《さつたうげ》の歌

廿日月かざす刃《やいば》は音無しの
　虚空《こくう》も二つときりさぐる
　　その竜之助

風もなき修羅《しゆら》のさかひを行き惑《まど》ひ
　すすきすがるるいのじ原
　　その雲のいろ

日は沈み鳥はねぐらにかへれども
　ひとはかへらぬ修羅の旅*
　　その竜之助

出典：「校本宮澤賢治全集」第六巻（筑摩書房）

注解

『春と修羅《しゅら》』より

生前唯一《ゆいいつ》の刊行詩集『春と修羅』については、三種の自筆手入れ本（宮沢家所蔵本・故菊池暁輝氏所蔵本・故藤原嘉藤治氏所蔵本）および、初版本印刷用原稿（冒頭欠）がのこされている。以上の四つの資料における推敲《すいこう》異文その他を、本注解ではそれぞれ、宮・菊・藤・印の略号で示す。

ページ

二〇　**＊修羅《しゅら》**　六道の一。衆生《しゅじょう》が迷いのうちに転生をくりかえす、天上・人間・修羅・畜生・餓鬼・地獄の六界のうち、人間より下、畜生より上のここに賢治は自己の位相を発見（詩「春と修羅」）。憂悶《ゆうもん》と悲傷と、しかし深い洞察力《どうさつりょく》をも、この「修羅」は兼ね備えている。

二一　**＊新生代沖積世《ちゅうせきせい》**　新生代第四紀完新世のこと。地質時代区分で最も新しく、約一万年前から現在まで。すなわち「現代」をさす表現の一つとしてこの語が選ばれていることに、この「序」の、ひいては『春と修羅』全体の位相が明示されている。

二三 ***化石を発掘** 童話「銀河鉄道の夜」の「北十字とプリオシン海岸」の章を参照。この「序」詩の日付と「銀河鉄道の夜」第一稿の成立時期の近さを示す。

二四 ***七つ森** 小岩井農場南方、田沢湖線（当時橋場線）の線路と秋田街道の間にぽこぽこと群れている七つばかりのかわいらしい円丘。賢治の詩や童話によく出てくる。なお、この語ではじまる「屈折率」第一行の母音配置は上下対称をなしている。詩人が意識していたかどうかは別として、賢治詩を口ずさんだときの音韻的快さの秘密の一つを暗示している。

***郵便脚夫《きやくふ》** 賢治における遠隔コミュニケーションの表徴としての「郵便」「通信」のモチーフ（「青森挽歌《ばんか》」「宗谷《そうや》挽歌」、童話「月夜のでんしんばしら」）に注意。また、この「郵便脚夫」（＝配達夫）は「小岩井農場」における「黒い外套の男」の前駆《アウラ》である。（↓六三頁注）

二五 ***たよりになるのは** 『春と修羅』『春と修羅 第二集』には、「たよりない」（ときに「便《たよ》りない」と表記）「たよりなさ」という語・表現がたびたび現われる。賢治詩の発想・動機《モチーフ》のありかを暗示するもの。

***くらかけ山** 鞍掛山《くらかけ》（八九七m）。岩手山のすぐ南東に盛り上がっている。詩「国立公園候補地に関する意見」を参照。

二六 ***恋《こひ》と病熱** この詩の先駆形は「冬のスケッチ」の中の「あまりにも／こころいたみたれば／いもうとよ／やなぎの花も／けふはとらぬぞ」。

＊透明薔薇《ばら》の火　妹トシを、やがて詩人自身を苦しめる病による高熱。澄明《ちょうめい》で美しくかつ不吉で切ないメタフォル。

＊mental sketch modified　詩集全体が「心象スケッチ」と称されているが、とくに「春と修羅」「青い槍《やり》の葉」「原体剣舞連《はらたいけんばひれん》」にはこの副題が付されて、〝修飾《モディファイ》された〟心象スケッチであることが注意されている。この〝修飾〟とは、音韻上の調律をさすものかと思われる。

二七　**＊くも**　仮名表記のため、「雲」「蜘蛛《くも》」の両義が生じている。前後関係や主題からみて前者と考えられるが、読者が後者と読んでしまうことを完全には排除できない。

＊腐植《ふしょく》　土壌《どじょう》の中の各種有機物から微生物の作用で分解生成される暗色の有機コロイド状物質（『農業用語大辞典』）。

＊諂曲《てんごく》模様　「諂曲」は媚《こ》びへつらうこと。日蓮《にちれん》は『観心本尊抄《かんじんほんぞんしょう》』で、他面（他人の顔）に六道が現れるとし、「諂曲は修羅」と述べている。

＊琥珀《こはく》のかけら　日光のメタフォル。

＊いかりのにがさまた青さ　次の「春光呪詛《じゅそ》」の「にがさ青さつめたさ」を参照すれば、恋の憂悶とそれに対する自瞋《じしん》という隠れた主題が暗示されていることがわかる。

二八　**＊ZYPRESSEN**　単数形は *zypresse*、ドイツ語でイトスギ（*cupressus sempervirens*）。地中海沿岸や中東に分布する常緑樹で、日本にも明治中期に渡来したが、関東南部以西という（『牧野植物大図鑑』）。『宮沢賢治語彙《ごい》辞典』は賢治の経験的イメージは東北のコノテガシワとしている。しかしこの詩では、ドイツ語が用いられている以上、あくまでヨーロッパ的イメージ、あのゴッホの絵のような、*cupressus sempervirens* を思いえがくべきであろう。

三二 **＊顔いっぱいに赤い点うち** 「春と修羅 第二集」中の「痘瘡《とうさう》」や文語詩「田園迷信」下書稿の「人々全身 赤き斑点《はんてん》に冒された」を参照。いずれも春の詩であり、「赤い点」はいわば〝春の病い〟のシーニュの一つ。

＊Eine Phantasie im Morgen ドイツ語。朝の一幻想。

＊融銅《ゆうどう》 太陽（とりわけ朝日）のメタフォル。この行全体、菊ではいったん「銅もまだ融け出さず」と直してまた元に戻している。童話「土神と狐《きつね》」に「熔《と》けた銅の汁をからだ中に被《かぶ》ったやうに朝日をいっぱいに浴びて土神がゆっくりゆっくりやって来たのでした」とある。

三五 **＊ゾンネンタール** 「冬のスケッチ」にも「澱粉《でんぷん》ぬりのまどのそとで／しきりにせのびをするものがある／しきりにとびあがるものがある／きっとゾンネンタールだぞ」とある。不明なるも、Adolf von Sonnenthal（一八三四―一九〇九。一八五六年からウィーン市立劇場に出演、オセロ、エグモントなどの主役役者として活躍したオーストリアの俳優）をさすか？（栗原敦氏による）

三七 **＊あれは高価《たか》いのです** 童話「注文の多い料理店」で冒頭二人の紳士が、死んだ犬の高価だったことを嘆くシーンを想起。賢治には「犬」に対する複雑なコンプレックスがある。

三八　**＊苦扁桃《くへんとう》**　アーモンド（*Amygdalus communis*）には甘仁種と苦仁種とあり、後者（種子にアミグダリンを含み、苦い。Bitter almond）をいう。鎮痛・鎮咳《ちんがい》などの薬用、また菓子や化粧品などの香料に用いる。『日本国語大辞典』のこの語の項には、賢治のこの詩句が用例に採られている。

四〇　**＊苦味丁幾《くみちんき》**　ダイダイの皮、センブリ、サンショウなどの粉末にアルコールを加えて作った、黄褐色《おうかっしょく》で苦味のある健胃薬。特異な芳香がある。前項と併《あわ》せて、苦味と芳香の相乗作用がこの場面を特徴づけている。

四三　**＊テナルディ軍曹《ぐんそう》**　Thénardier. ヴィクトル・ユゴー『レ・ミゼラブル』に出てくる悪漢。この小説は黒岩涙香《くろいわるいこう》による自由訳『噫《ああ》無情』（一九〇二〜〇三）以来すでに日本でも有名だった。

四四　**＊マヂエラン星雲**　銀河系外星雲で、大マゼラン雲と小マゼラン雲の総称。近くて（約15万光年）明るい。「銀河鉄道の夜」初期形の覚醒《かくせい》場面でジョバンニはこの星雲に向かって立ち、みんなの幸《さいわい》を求める決意を表明する。

四九　**＊蠕虫《アンネリダ》　舞手《タンツエーリン》**　Annelida Tänzerin.「蠕虫《ぜんちゅう》」はミミズ、ヒル、ゴカイなど、蠕動してうごく下等動物の俗称（『日本国語大辞典』では賢治のこの詩から用例が採られている）。Annelida はこれら環形《かんけい》動物門を総称する学名。ただしこの詩は賢治が水溜《みずたまり》の中を蠕動するボウフラを観察してつくったといわれている。Tänzerin はドイツ語で「女舞手」。

五三　**＊小岩井農場**　盛岡市の西、岩手山南麓《なんろく》の広大な西欧風農場。一八九一年開設。なおこの詩「小岩井農場」は初版本ではパート一、二、三、四、七、九の六パートから成っており、パート五、六は章題のみ（「第五綴」「第六綴」として原稿は残っている）。パート八は原稿も下書もない。

五四 **＊並川さん** 図で「古川さん」としている。農学士・古川仲右衛門。賢治在学時の盛岡高等農林学校教授で、土壌・肥料・化学・分析化学・同実験・食品化学・農学大意を担当していた。

＊ハツクニー Hackney. もともと脚の速い乗用馬のことだったが、一八八三年以来、ノーフォーク・トロッターの血を引くイギリス産速歩馬の品種名。軽繋駕《けいが》用にもてはやされた。

五七 **＊新開地風の** この「停車場」つまり小岩井駅の開設は一九二一年であり、この詩の日付はそのわずか一年後である。

＊sun-maid カリフォルニア産乾葡萄《ほしぶどう》の銘柄。

＊繋《つなぎ》 小岩井駅南方約40km、雫石川《しずくいしがわ》対岸の集落。温泉で有名。

五九 **＊冬にきたとき** この詩で何度も「冬にきたとき」「冬にもやっぱり」等とあるのは、詩「屈折率」（日付一九二二、一、六）を発想したときのことと推定される。

六三 **＊黒いながいオーヴア** この〝黒い外套の男〟を詩人の分身、いわゆるドッペルゲンガーとみた故恩田逸夫氏の読みは、つねに留意すべき。

六四 **＊さつきの剽悍《へうかん》な四本のさくら** 本書では割愛した「パート四」に出てくる「四五本のさ

くら」たち。初版本に収録されなかった〝幻のパート六〟ともいうべき部分で詩人は雨に遭って戻ってきたのである。

六六　**＊der heilige Punkt**　ドイツ語。「聖なる」「地点」。

七〇　**＊ひとは**　㊞では「わたくしは」。

＊ラリックス　Larix. まつ科カラマツ属の属名。

七二　**＊わたくしはかつきりみちをまがる**　宮では「かつきりみちは東へまがる」。

＊原体剣舞連《はらたいけんばひれん》　「剣舞《けんばい》」は岩手県各地にヴァリエーション（それぞれ町村名を冠して区別）を伴って保存されている民俗芸能。短歌に「原体剣舞連」と小題を付した歌二首があり、童話「種山ヶ原」に出てくる「種山剣舞連」も「原体剣舞連」に直そうとした形跡がある。

＊原体《はらたい》村　現在は江《え》刺《さし》市内。

＊鴾《とき》いろのはるの樹液《じゆえき》を　宮では「若やかに波だつむねを」。

＊生《せい》しののめの草いろの火を　宮では「ふくよかにかゞやく頰を」。

七三　**＊蛇紋山地《じやもんさんち》**　北上《きたかみ》山地南部、原体村に近い種山高原辺は蛇紋岩でできている（童話「種山ヶ原」冒頭部参照）。

七四　**＊達谷《たつた》の悪路《あくろ》王《わう》**　八世紀末頃、蝦夷《えぞ》の悪路王、赤頭四郎らは平泉《ひらいずみ》南方の達谷窟《たっこくのいわや》に拠《よ》って、中央から差し向けられた坂上田村麻呂《さかのうえのたむらまろ》に抵抗したが、八〇一年に屈服した。田村麻呂がそこに建てたという毘沙門《びしゃもん》堂はその後何度も焼失しては建て替えられ、現堂は一九五一年の再建になるもの。

七六 ＊**黒夜神**《こくやじん》　黒闇天《こくあんてん》・黒闇天女ともいう。容貌《ようぼう》きわめて醜く、衣服も汚れ、災禍をもたらす女神。閻魔《えんま》大王の三人の妃《きさき》の一人。

＊**いつぷかぷ**　水に溺《おぼ》れそうな様子。あっぷあっぷ。童話「毒もみのすきな署長さん」に「水の中で死ぬことは、この国の語《ことば》ではエップカップと云《い》ひました。これはずいぶんい、語です」というくだりがある。

＊**霹靂**《へきれき》**の青火をくだし**　[宮]ではこの行を削除。

七七 ＊**東岩手火山**　岩手山は噴火の古い西岩手火山と新しい東岩手火山とから成る。なお、この詩の先駆形が「心象スケッチ　外輪山」の題で「岩手毎日新聞」（大正十二年四月八日付）に童話「やまなし」とともに発表されている。

＊**薬師外輪山**《ぐわいりんざん》　東岩手火山の最高峰。二〇四〇・五m。

＊**御室**《おむろ》**火口**　東岩手火山の火口のひとつ。

＊**西岩手火山**　岩手山の古い方の火山体。屏風《びょうぶ》尾根と鬼ヶ城を周囲にめぐらす。

七八 ＊**早池峰**《はやちね》　北上山地の主峰。一九一三m。詩「早池峰山巓《さんてん》」「河原坊」他を参照。

七九 ＊**駒**《こま》**ヶ岳**《たけ》　岩手山の西南約20km、秋田県境の活火山。

＊**水酸化礬**《ばん》**土**《ど》**の沈澱**　[宮]では「$Al(OH)_3$《エーエルオーエーチ三》のゆるい沈澱」。

八二 ＊**大犬のアルフア**　おおいぬ座のα《アルファ》星は別名シリウス（中国名は天狼《てんろう》）で知られ、全天最輝の1.5等星。重星でもある。距離は8.6光年。（四三四頁参照）

＊スケッチをとります　すなわちこの詩を書くこと。帳面に言葉でスケッチをとりながら、〝スケッチをとります〟と生徒たちに向けて発語し、同時にその語をもスケッチしているのである。《心象スケッチ》のいわば三重の入れ子構造。

八四　**＊仙人草**　センニンソウ *Clematis terniflora* は、きんぽうげ科の多年生、草質のつる。晩夏から初秋にかけて、多数の白色の花がむらがってつく。

＊高陵土《カオリンゲル》　Kaoline. 長石《ちょうせき》を多く含む岩が風化してできる粘土。

八八　**＊六千八百尺**　約二〇六〇m。

八九　**＊目にあへば**　ひどい目にあったら、つまり何か事故でもあったら。

九〇　**＊その影は鉄いろの背景の**　宮では「わたくしはいま鉄いろをした背景の」。

九一　**＊ちて**　藤では「きて」に変えている。

＊蓴菜《じゅんさい》　*Brasenia schreberi*. 多年生の水草。春から夏に、ねばねばに包まれた新葉を食用にする。ぬなわともいう。

九二　**＊とし子**　宮澤トシ（一八九八―一九二二）。賢治のすぐ下の妹。

九三　**＊……**　藤ではこの「……」を削り、次行との間に「一行あけ」と記入している。

九四　**＊兜率《とそつ》の天**　（原文は「兜卒の天」。今回は校訂した）兜率天 Tusita-deva。欲界六天のうちの第四。将来、仏となるはずの菩薩《ぼさつ》の住む場所。いまは弥勒《みろく》菩薩がここで説法していらっしゃる。ここの天人の寿命は四千年、その一昼夜は人間界の四百年。

**＊どうかこれが兜率の天の食に変つて／やがてはおまへとみんなとに／聖《きよ》い資糧《しりやう》をもたら

すことを　この三行は宮の手入れ結果。初版本では「どうかこれが天上のアイスクリームになつて／おまへとみんなとに聖い資糧をもたらすやうに」。

九七　**＊terpentine**《ターペンティン》　テレピン油。松脂《まつやに》を蒸溜《じょうりゅう》してつくる。ねばり気と強い芳香がある。

九八　**＊毒草や蛍光菌《けいくわうきん》のくらい野原をただよふとき**　㊞の第一形態は「経をよめば暗い蕈《きのこ》のにほひのただよふとき」（傍点筆者）。この「の」が主格の助詞であることに注意。

一〇一　**＊おきなぐさ**　きんぽうげ科の多年草「オキナグサ」には多くの別名あり、岩手方言では「うずのしゅげ」他。童話「おきなぐさ」参照。

＊turquois《タコイス》　土耳古《トルコ》玉。詩「高架線」では「タキス」と表記。

一〇九　**＊ギルちゃん**　ギルダ（詩「春　変奏曲」に出てくる）の愛称ともみられるが、さだかでない。次の「ナーガラ」が蛇《へび》であるとすれば、「ギルちゃん」を小動物とみるのは好都合にみえる。

一一〇　**＊おもだか**　*Sagittaria trifolia.* おもだか科オモダカ属、日本各地の溝《みぞ》や水田に生える多年草。『春と修羅』の中心部にはじめじめした湿地帯のイメージがそこかしこに蝟集《いしゅう》している。

一一二　**＊ヘツケル博士**　Ernst Heinrich Haeckel (1834－1919)。ドイツの唯物論《ゆいぶつろん》的生物学者、一元論哲学者、進化論者。「ペンネンノルデ」メモに出てくる町の名「モネラ」はヘッケルによる人間にいたる24ないし26階程のその最初の生物の名からきているという（小野隆祥による）。

一一四　**＊おしげ子**　賢治の次妹シゲ（岩田豊蔵に嫁ぐ。一九〇一―一九七六）。

＊l'estudiantina　スペイン語で、伝統的衣裳《いしょう》をまとって練り歩く学生の楽隊、または昔の学生に扮《ふん》したカーニバルの仮装行列の意。ここではWaldteufel作曲のワルツの曲名。

一一七　**＊**前々行の「暗紅色の……」からここまでの三行、㊞における先行形態では、

どこからかあやしい脅しの声をきき
凍りさうな叫びのきれぎれや
意識ある蛋白質の裂かれるときにあげる声
往来するあやしい車のひびきをきき
またおれたちの世界を見ないのち
暗紅色の深くもわるいがらん洞と
むぢゃむぢゃの四足の巨きな影
馳せまはり拾ひ頬ばり裂きあるひは棄て
あるひはあやしく再生する
亜硫酸や笑気《せうき》のにほひ

となっていた。

一一九　**＊倶舎《くしゃ》**　五世紀頃、世親《せしん》の著『阿毘達磨《あびだつま》倶舎論』の略称。ここでは、その「分別世品第三」で有情の転生を論じ、死者が次の生を受けるまでの「中有《ちゅうう》」の諸相を語っているくだりを賢治は指していると思われる。

一二三　**＊松倉山**　花巻の西、豊沢川にそって花巻南温泉峡《きょう》へ入るとまもなく右方、江《え》釣子《づりこ》森に続いて見えてくる。三九六ｍ。

一二四　**＊五《ご》間《けん》森《もり》**　同じく花巻南温泉峡の、これは左岸に見える。五六八・五ｍ。

一二六　**＊一本木野《いっぽんぎの》**　小岩井農場の北東、岩手山東南麓にひろがる野原。童話「土神と狐」の舞台。

一二七　**＊ベーリング市**　北の果てに賢治が仮構した幻の都会。童話「氷河鼠《ねずみ》の毛皮」を参照。

＊七時雨《ななしぐれ》　七時雨山。岩手山の北北東約30kmのところにあるコニーデ式火山（一〇六〇ｍ）。

＊薬師《やくし》岱赭《たいしゃ》　「岱赭」は赤茶色。「薬師」は前出東岩手火山の外輪山。

一二八　**＊未来派**　マリネッティの「未来派宣言」（一九〇九）を端緒にイタリアで一九一〇年代に開花した前衛芸術運動。同じ頃《ころ》ロシアでもマヤコフスキーやパステルナークらによって推進された。一九二〇年代のダダやシュルレアリスムの先駆的意義をもつ。日本ではマリネッティの「宣言」がただちに森鷗外によって紹介され、平戸廉吉の日本未来派宣言運動（一九二一）などを生んだ。ここに「未来派」がやや揶揄《やゆ》的に言及されていることとは、賢治が当時の前衛芸術に関心を向けていたことを示している。

一二九　**＊パッセン大街道**　釜石《かまいし》街道（現在の国道283号線）に賢治が付した愛称。童話「蛙《かえる》のゴム靴《ぐつ》」でカン蛙が「どうもひどい雨だ。パッセン大街道も今日はしんとしてるよ」などというところがある。

一三〇　**＊Josef Pasternack**　ポーランドおよびアメリカで活躍した指揮者（一八八一―一九四〇）。

「春と修羅　第二集」より

一三五　＊四年　賢治が花巻農学校に在職したのは一九二一年十二月三日から一九二六年三月三十一日まで、正味四年三ヵ月と二十七日。これを大まかに「四年」と云ったとすればそのうちの「終りの二年」は一九二五年度及び二六年度（三月末日まで）の二学年度とみていい。

一三七　＊藤原嘉藤治　花巻高等女学校の音楽教師で、賢治と親交があり、賢治没後は十字屋版全集の編集などに携わった。

　＊菊池武雄　画家。賢治と親交があり、とくに童話集『注文の多い料理店』初版本の装幀《そうてい》装画は作品の雰囲気《ふんいき》によくマッチして親しまれている。

一四一　＊電信ばしらのオルゴール　本集では割愛した詩「ぬすびと」に「二つの耳に二つの手をあて／電線のオルゴールを聴く」とある。

一四二　＊五輪峠《たうげ》　遠野市鮎貝《あゆかい》から江刺市大谷地《おおやち》へ下りてくる山道（現在の小友《おとも》・米里《よねさと》線）のちょうど市境に位置する。標高五六〇m。峠から北へ十メートルほど引込んだところに立っている五輪塔に地名は由来し、またこの詩篇の主題も由来している。詩「五輪峠」は下書稿㈠、下書稿㈡の二稿があり、いずれも賢治詩稿のうちでも「〔北いっぱいの星ぞらに〕」と並ぶ極め付きの複雑な推敲《すいこう》のあとをとどめている。本集本文は下書稿㈡の最終形態であるが、のちにわずか四行の文語詩（三二九頁に収録）に改作されている。

＊宇部興左エ門　この人名は下書稿㈠では登場しなかった。また、「君」への語りかけの形式も下書稿㈠の第一形態ではまだ採用されず、独白体であった。

一四四　＊五輪の塔《たふ》　密教の五大思想に基《もと》づき、下から地・水・火・風・空の五輪（五元素）を表す方・円・三角・半円・団形を重ねたもの。

＊地図ももたずに来たからな　下書稿㈠では地図を持参して来て、参照したりしている。「みちがこんなに地図に合はなくなつたんだねえ」などと。

一四八　＊高貴な塔《たふ》とも　前行からの二行、下書稿㈠では「ひとたびそれを気層の外にかくれてゐた／秘密の死火山かともおどろきますが」。

一四九　＊アレニウス　Svante August Arrhenius（1859－1927）。スウェーデンの物理学者。電離説を創始。

一五〇　＊あんまりひどくイリスの花をとりますと　「三六八　種山ヶ原」下書稿㈠パート二に「わたくしはこのうつくしい山上の野原を通りながら／日光のなかに濃艶な紫いろに燃えてゐる／かきつばたの花をなんぼんとなく折つてきた」とあるのに対比される。「イリス」はアヤメ、ショウブ、カキツバタなどの総称として用いられている。

＊夢幻に人は　下書稿㈠第一形態では「無限に人は」であった。同音異義語による書き替え。

一五一　＊アンドロメダの連星　アンドロメダ座のγ《ガンマ》（重星）。（四三四頁参照）

一五二　**＊陸羽一三二号**　米の品種名。耐冷・多収・良質の新種として、東北では昭和初年から十年代にかけて首位品種を占めた。

一五三　**＊地蔵堂**　花巻市中根子にある桜華山延命寺（天台宗）。「第二集」中に詩「五二〇〔地蔵堂の五本の巨杉《すぎ》が〕」がある。

一五四　**＊すずめのてっぽう**　*Alopecurus aequalis.* いね科スズメノテッポウ属。田圃《たんぼ》や湿った平地に群生し、春５～８㎝の円錐《えんすい》花穂をつける二年草。

一五七　**＊スナップ兄弟**　英語で snap は、飛びつく、噛《か》みつくといった意味の動詞だが、snap tail というと、犬の尾の先端が背に直接接触（〝スナッピング〟）しているのをさす（例・アラスカン・マラミュート種）。

一六一　**＊どろの木**　ドロノキ *Populus maximowiczii* は、やなぎ科ハコヤナギ属の落葉高木で、亜高山帯の開けた谷や湿地、とくに河岸を好んで生える。詩「〔一七二〕〔いま来た角に〕」の最終行に「おれはまさしくどろの木の葉のやうにふるへる」とあるが、この木の葉は長さ６～15㎝。

一六二　**＊原始の水きね**　「きねといふより一つの舟」とここで云われている水力を利用したきねの実物が、盛岡郷土史料館の庭園の一隅《いちぐう》に保存されているのを見ることができる。

＊いぬがや　イヌガヤ（あるいはヘボガヤ）。*Cephalotaxus drupacea.* いぬがや科イヌガヤ属。岩手県以南、落葉広葉樹林内に生える常緑の小高木。

＊種馬検査所　盛岡市北東の外山、蛇塚にあった。この遺構は現存しないが、ここに佇《たたず》め

ば、この前後の〝外山詩群〟の雰囲気は今も十分に味わえる。

＊かたくりの花もその葉の斑《まだら》も燃える　カタクリ *Erythronium japonicum* は日本各地やサハリンに分布する多年草。厚くやわらかな葉の表面に紫色の斑紋があり、童話「若い木《こ》霊《だま》」他で「あやしい文字」としている。

一六六　＊田谷力三《たやりきぞう》　浅草オペラの花形歌手として、一九八九年に九〇歳で没するまで〝現役〟の名声を失うことがなかった。

＊高田正夫　正しくは高田雅夫。浅草オペラの洋舞家。

一六七　＊ラクムス青《ブラウ》　ドイツ語 Lackmus-blau.「ラクムス」は英語の「リトマス」。

一七〇　＊ジェームス　William James（1842―1901）。アメリカの心理学者。心霊現象に関心を抱き、死者との交信も可能と考えた。

一七五　＊〔北上川は熒気《けいき》をながしィ〕　この詩の発展形「花鳥図譜・七月・」が雑誌「女性岩手」七号（一九三三年七月）に発表された。

一八〇　＊エノテララマーキアナ　*Oenothera lamarckiana.* オオマツヨイグサ（あかばな科マツヨイグサ属）の学名。

一八二　＊薤露《かいろ》　ラッキョウの葉にたまった露《つゆ》――人のいのちのはかないたとえ。夏目漱石がアーサー王伝説に取材した短篇「薤露行」は一九〇五年に発表されている。なお、この詩「薤露青」草稿（鉛筆書き）は消しゴムで全体を抹消されていたのを、校本全集編纂《へんさん》時に消し跡を判読して再現したもの。

＊プリオシンコースト　「プリオシン Pliocene」は新生代新第三紀鮮新世。「銀河鉄道の夜」でジョバンニとカムパネルラが白鳥停車場の20分停車を利用して訪れるのも「プリオシン海岸」である。この詩には他にも「銀河鉄道の夜」に関連するモチーフが多い。

一八四　**＊みをつくしらは夢の兵隊**　「歌稿B」の「大正八年八月より」のうち、連作「北上川第一夜」の六首目に「北上川／そらぞらしくもながれ行くを／みをつくしらは／夢の兵隊」とある。

一八七　**＊Astilbe argentium**　アスチルベ Astilbe は、ゆきのした科チダケサシ属の属名。

一八八　**＊いたや**　イタヤカエデ *Acer mono* は、かえで科カエデ属。谷間や日なたを好んで自生する落葉高木。

＊〔落葉松《らくえふしよう》の方陣は〕　この詩は「半蔭地選定」の題で「新詩論」第二輯《しゅう》（一九三三年二月）に発表された。

＊虻蜂《すがる》　スガル（あるいはスガリ＝蜾蠃）は蜂《はち》の古名が方言に残ったもの。狭義にはジガバチ、アシナガバチの類（腰が細い）をさすが、蜂一般の異名としても用いられる。

一八九　**＊栗樹《カスタネア》**　Castanea はぶな科クリ属の属名。

一九四　**＊〔野馬がかってにこさへたみちと〕**　この詩は「遠足許可」の題で「文芸プラニング」第三号（一九三〇年十一月）に発表された。また、下書稿㈠は「母に云ふ」と題され、話者が母に報告するという設定の詩であった。

一九五　＊センホイン　sainfoin. ヨーロッパから西アジア、アルタイに分布する、まめ科イガマメ属の多年草。学名 *Onobrychis viciaefolia.* 飼料や緑肥に用いる。

一九五　＊うつぎ　*Deutzia crenata.* ゆきのした科ウツギ属の、山野に自生する落葉低木だが、農耕地の生垣《いけがき》などに利用される。

一九六　＊〔うとうとするとひやりとくる〕　初期散文「柳沢」の一部を発想源としている。

一九六　＊斧劈皴《ふへきしゅん》　正しくは「斧劈皴」。ただし「皴《しゅん》」はもともと「皺《しわ》」の意なので校訂していない。

一九八　＊ゲルベアウゲ　gelbe Auge. ドイツ語で「黄色い眼」。

二〇二　＊暁穹《げうきゆう》への嫉妬《しつと》　この詩を文語詩に改作した「敗れし少年の歌へる」を、本書三五九頁に収めてある。

二〇二　＊サファイア風の惑星　土星。

二〇三　＊はひびゃくしん　ビャクシン *Juniperus chinensis* は、ひのき科ビャクシン属の常緑高木または低木で、岩手県以南の主として太平洋岸に自生するが、ハイビャクシン var. *procumbens* は長崎（対馬《つしま》・壱岐《いき》）、福岡（沖ノ島）の海岸に分布するという（『日本の野生植物』）。

二〇六　＊白淵先生　モデルは農学校の同僚白藤慈秀（一八八九—一九七六）。詩「〔一七二〕〔いま来た角に〕」先駆形の一つ（下書稿㈣の第一形態）では「布教使白藤先生も」と実名で登場している。物理・体操・国語などを担当、退職後は盛岡願教寺（浄土真宗本願寺派）の院代となった。『こぼれ話 宮沢賢治』（一九七二、杜陵書院）を著《あらわ》している。

二〇七　**＊布教使がた**　じっさい前記白藤慈秀は京都本派本願寺親授一等布教使であった。

＊イリデスセンス　iridescence. 真珠光沢。

二〇八　**＊迦陀《かだ》**　サンスクリット語 gāthā の音写。偈頌《げじゅ》、偈《げ》。広義では歌謡・聖歌、狭義では韻文の形式による経文のこと。

二〇九　**＊発電所**　童話「グスコーブドリの伝記」に出てくる〝潮汐《ちょうせき》発電所〟（当時実際にカナダなどで計画され、一九五〇年代にフランスで実現）や「銀河の発電所」（詩「三六九　岩手軽便《けいべん》鉄道　七月（ジャズ）」）「銀河をつかって発電所もつくれ」（詩「一〇五六」）といった詩句から、賢治にとっての未来のエネルギー源のありかが推測される。また、のちにこの詩をさらに改稿したものを「詩への愛憎」と題して、雑誌「詩人時代」三巻三号（昭和八年三月）に発表している。これは詩の本質論としても読むべき作品。

＊ギャブロ　Gabbro. 飛白石、斑糲岩《はんれいがん》。〔→二一九頁注「ディアラヂット」〕

二一四　**＊この鎔岩《ようがん》流**　岩手山東北部斜面に残って〝焼走り〟と呼ばれ天然記念物に指定されている。一七一九年の噴火の際に流出したもの。

二一七　**＊三つ森山**　岩手山の北東にある。標高六四〇・五m。童話「土神と狐」参照。

＊Aワン　A one. 第一級。最大級のもの。下書稿(二)では「G^{1}」。

二一八　**＊岩手軽便《けいべん》鉄道**　一九一四年に花巻・仙人峠間が開通。仙人峠にトンネルができて釜石までつながるのは一九五〇年になってからである（現在の釜石線）。いくつもの詩篇や、童話「シグナルとシグナレス」に登場。「銀河鉄道の夜」の銀河鉄道のモデル。なお、この詩のいちばん古い形が雑誌「銅鑼《どら》」七号（大正十五年八月）に「『ジャズ』夏のはなしです」という題で発表されている。

二一九　＊北上《きたかみ》第七支流　猿《さる》ヶ石川のこと。イギリス海岸の対岸やや上流で北上川に入る。

＊イリドスミン　Iridosmine. イリジウムとオスミウムの天然合金。

＊ディアラヂット　Diallagite. 異剝岩。大部分異剝石（Diallage. 薄片状の輝石。成分は $CaMg(SiO_3)_2$）からなる岩石。あるいは斑糲《ギャブロ》岩と同じ。

二二一　＊阿原峠《たうげ》　江刺市と東磐井《いわい》郡大東町の境。

＊恋はやさし野べの花よ　オペラ『ボッカチヨ』（スッペ Franz von Suppe 作曲、一八七八）の第一幕で食料品屋の養女フィアメッタがうたう歌。田谷力三（↓一六六頁注）の得意としたレパートリーの一つ。

二三一　＊布佐機関手　「銅鑼」発表形および下書稿㈠では「熊谷機関手」。

二三三　＊しらねあふひ　シラネアオイ *Glaucidium palmatum.* きんぽうげ科シラネアオイ属。低山帯から亜高山帯の林の中の陰地に生える多年草。花は初夏、花弁に似た四枚の白い萼片《がくへん》がある。

二三五　＊wavellite　銀星石。含水燐酸《りんさん》アルミニウムを主成分とする斜方晶系の真珠光沢ある鉱物か、あるいは単斜晶系に属する Gibbsite（水礬土《すいばんど》石。$Al(OH)_3$ 又は $Al_2O_3 \cdot 3H_2O$）。後者なら鍾乳状でやはり真珠光沢、半透明。

二三二　**＊こめつが**　*Tsuga diversifolia*. まつ科ツガ属の常緑高木。花は六月頃、毬果《きゅうか》は十月頃褐《かっ》色《しょく》に熟し、卵円形で長さ1.5－2.0㎝。この実を乾ぶどうにたとえたのであろうが、雌花もきれいな紫色で、ぶどうみたい。詩の日付(八月十一日)からみて、花の方かもしれない。

＊岩手軽便《けいべん》鉄道の一月　この詩は「銀河鉄道の一月」と題して盛岡中学校の「校友会雑誌」一九二七年集に発表された。

＊ジュグランダー　くるみ科の学名 *Juglandaceae* から。

二三三　**＊サリックスランダー**　やなぎ科ヤナギ属の学名 *Salix gilgiana* から。「ランダー」は不明だが、右の「ジュグランダー」に合わせたものか。

＊アルヌスランダー　かばのき科ハンノキ属の属名 Alnus から。

＊モルスランダー　くわ科クワ属の属名 Morus から。

「春と修羅　第三集」より

二三七　**＊雪菜**　雪の中で栽培する菜類、あるいはそのうち特にコマツナの一種をさす。

二三八　**＊ち萱《がや》の芽**　チガヤ *Imperata cylindrica*. 原野や山地で群生する、いね科チガヤ属の多年草。晩春、葉に先立って二片の花穂が出、これをツバナ（茅花）といって子どもたちが食する。

二三九　**＊蒼《あを》い衣《ころも》のヨハネ**　聖書のヨハネ（洗礼者）の名は各国語でさまざまな形をとって人名に

用いられている——ヨアンネス、ヨハン、ジャン、ジョン、ジョヴァンニ、ファンなど。賢治作品にも、「銀河鉄道の夜」のジョバンニ、詩ではジョニー、ヨハンネスなど。これらのネーミングには隠れた意味が一貫しているように思われる。(→三九〇頁注)

二四一 **＊紫雲英《ハナコ》** 「紫雲英」（中国語）はレンゲソウ＝ゲンゲ *Astragalus sinicus* で、まめ科ゲンゲ属。緑肥として水田に植えられ、また道傍《みちばた》に野生化し、春いちめん紅紫色の小さな花を風に揺らす。ルビ「ハナコ」は特にこのゲンゲをさすわけではなく、岩手方言特有の接尾辞「コ」をつけた「花コ」。

二四二 **＊青じろい頁岩《けつがん》の盤** イギリス海岸。

＊二夏のあひだ……生徒らとたのしくあそんで過ごした 散文「イギリス海岸」を参照。

二四四 **＊芝罘《チーフー》白菜** 中国原産の白菜が日本でも広く栽培されるようになったのはちょうど賢治の頃から。白菜の品種は大別すると①芝罘《チーフー》類（古くから伝播《でんぱ》、耐寒性が強い）②包頭連を代表とする膠県《ミャオシェン》類（結球が完全で高品質）③菊花心《チュウホワシン》類（縮葉性に富む）の三つがあるという（『野菜園芸大事典』）。

二四五 **＊早池峰《はやちね》薬師** 早池峰山のすぐ南にある一五四四ｍ峰、薬師岳。

二四七 **＊オパリンな** opaline. オパール opal のような、乳白色の。

二五〇 **＊綱取《つなどり》** 黒沢尻《くろさわじり》（現在の北上市）から西へ和賀川ぞいに10㎞ほど遡《さかのぼ》ったところにあった銅山。大正時代に盛んだったが、昭和十五年に閉山となった。

＊三つ沢山 花巻の西にある。標高四〇〇ｍ。

二五一　＊清水《きよみづ》野から大曲《おほまがり》野から後藤野ど　いずれも花巻市の西方から北上市にかけて、山地にいたる前にひろがる田野。「清水《きよみず》野」は九世紀創建の名刹《めいさつ》清水《きよみず》寺（京都の清水寺とともに日本三清水の一つ）のさらに西方にひろがっていた原野（現在は水田地帯）。「大曲野」はその西南約２km。「後藤野」はさらにその南方約２km、現在は北上市後藤。

＊江《え》釣子《づりこ》森　花巻市西方、標高三七九ｍ。松倉山（↓一二三頁注）五間森（↓一二四頁注）の項を参照。

＊札幌市　賢治が札幌を訪れた（通過した）のは二度――第一回は一九二三年七月末から八月十二日まで生徒の就職依頼のため樺太（サハリン）へ旅したときの往復途次。第二回は翌一九二四年五月十八日から二十三日まで、白藤慈秀とともに生徒を引率して北海道修学旅行を行ったとき。この詩の日付（一九二七、三、二八）はその三年後である。

二五二　＊遊園地の設計　花巻温泉の南斜花壇の設計である。

＊アンテリナム　金魚草の学名 *Antirrhinum majus* から。

二五三　＊〔おい　けとばすな〕　この詩の下書稿㈠にあたるものが後出「一〇五三　政治家」である。全く別作品と見えようが、〝政治家＝毒蕈《きのこ》〟という暗喩《あんゆ》が両者をつないでいる。

二五四　＊ムスカリン　毒きのこに含まれる有毒アルカロイド。

二五五　＊〔あすこの田はねえ〕　この詩には生前発表形（「聖燈」創刊号、一九二八年三月）があり、そのときの題名は「稲作挿話（未定稿）」。

二六三　＊寿量《じゆりやう》の品《ほん》　如来寿量品第十六。妙法蓮華経《みょうほうれんげきょう》の第十六章。法華経の中でも特に賢治の心を捉《とら》えた章として知られている。童話「ひかりの素足」の「三、うすあかりの国」を参照。

二六四　**＊一〇二一　和風は河谷いっぱいに吹く**　本篇の下書稿(一)は作品番号一〇八三、日付も一九二七、七、一七で、夏の詩。もちろん台風襲来以前の世界であった。この詩と前の「野の師父」の二篇、複雑な成立過程を経ている。

二六八　**＊レーキ**　熊手《くまで》型の金属製農具。

詩ノート　より

二七三　**＊カクタス**　cactus はサボテンだが、ここではカクタス咲きのダリヤ。ダーリア Dahlia の花形による分類の一つで、インカーヴド・カクタス、ストレート・カクタス、セミ・カクタスなどあり。園芸品種ではジラーフ、コリエ・ダムール、福美人、ライラックベルなどがカクタス咲き。ダリヤは中米原産きく科の多年草で、十八世紀末にヨーロッパに伝わり、十九世紀初めから栽培が流行。日本では明治三十五年頃から育種が盛んになり、大正年間には各地で品評会が催された。童話「まなづるとダアリヤ」、詩「ダリヤ品評会席上」などに、賢治のダリヤへの関心が現れている。

二七五　**＊雪ふれば昨日のひるのわるひのき／菩薩《ぼさつ》すがたにすくと立つかな**　「歌稿B」のうち「大正六年一月」の連作〔ひのきの歌〕の中に、「雪降れば／今さはみだれしくろひのき／菩薩のさまに枝垂れて立つ」「わるひのき／まひるみだれしわるひのき／雪をかぶれば／菩薩すがたに」の二首、「アザリア」第一号の発表形「雪降れば昨日のひるの　悪《あく》ひのき／菩薩すがたに　すくと　立つかな」がある。旧全集（四五一頁参照）はこの二行を詩「一〇〇四」のテクストから排除・無視していたが、ノート紙面での書かれ方は、この二行がたんなる書き込みではなく、詩の一部であることを充分に証言している。

二七八　**＊山ぐみ**　アキグミ *Elaeagnus umbellata* の地方名。ぐみ科グミ属の落葉低木で、四、五月頃黄白色の花をつけ、果実は球形で九〜十一月に紅熟する。

＊サキノハカ　諸説あるも不詳。

二八四　**＊サキノハカ〔以下空白〕**　次行の〔約九字分空白〕とともに原稿の実状による。校本全集（四五二頁参照）以後、前出の詩「一〇五六〔サキノハカといふ黒い花といっしょに〕」の冒頭二行を参照して校訂してきた。この校訂が間違っていたというのではないが、自筆草稿の現状に注意を喚起するため、あえて復原した（解説参照）。

二八五　**＊キャレンジャー**　Challenger. 一八七二〜一八七六年、太平洋及び大西洋の南半球部分で学術調査を行ったイギリスの調査船。

詩稿補遺　より

二九一　**＊阿耨達池《あのくだっち》**　Anavatapta. インド雪山中にある池で、古来インドで恒河《ガンジス》・信度河《インダス》等四つの大河の水源と想定されていた。『仏教大辞彙』（大正三年）に「近時瑞典《スウェーデン》人スヱン・ヘデイン（Sven Hedin）の西蔵《チベット》探検によりて、カイラス山（Kailas）の東南のマナサロワル湖（Manasarowar）が阿耨達池に相当し、恒河の真の河源たることを証せり」とある。なお、この詩には童話「インドラの網」と共通する章句やモチーフが多い。

＊北拘盧州《ほくくるしゅう》　Uttara-Kuru の音写。「鬱単越《ウッタンオツ》」とも。須弥山《シュミセン》を中心に四方の海中にある須弥四洲の一つ。四洲のうち最も勝《すぐ》れ、ここに住む者は寿命が一千歳であるという。

二九二　**＊辛度海**《しんど》　インド洋。

＊摩竭大魚《まかつ》　「摩竭」は makara の音写。大智度論《だいちどろん》をはじめ種々のお経に出てくる空想上の巨魚。

二九八　**＊〔こっちの顔と〕**　この詩の下書稿㈠は「マッサニエルロ」と題され、「未来に浮きたたない」悲観的な気分に貫かれていた。

三〇一　**＊火祭**　毎年一～三月、岩手県の方々の神社で火防祭が行われ、山車《だし》が出たりする。

三〇八　**＊スナイドル**　明治初期の歩兵銃（アメリカから輸入）。童話「朝に就ての童話的構図」では蟻《あり》の歩哨《ほしょう》が厳《いか》めしくこの銃を構えている。

三〇九　**＊みみづく森**　鳥《ちょう》ケ森（花巻西方、和賀町との境にある山。八九二m）の別名。

三一四　**＊食はれない石《セキ》バンだ**　童話「グスコーブドリの伝記」の一場面でブドリがやはり村の雑貨屋で「食われないパンでな。石盤だもな」と云われるところを想起。

三一五　**＊そのまっくらな巨《おほ》きなもの**　前出「火祭」の「たゞ行はれる巨きなもの」を参照。

「疾中《しっちゅう》」より

三一〇　**＊あなた**　当時の主治医佐藤長松博士への呼びかけ。

三一二　**＊丁丁丁丁**　この衝撃的な「丁」の字はすべて、いったん詩が書かれた後に、別の筆記具で、力をこめて記入されたもの。

三一三　**＊巨きな花の蕾《つぼみ》がある**　この終行は「三原三部」の第一部終行にも繰返される（三六八頁）。

「文語詩稿」より

三三〇　**＊天青石《アヅライト》**　Azurite は藍銅鉱《らんどうこう》 $2CuCO_3 \cdot Cu(OH)_2$。「天青石」は、Celestite で主成分 $SrSO_4$。

三三一　**＊〔夜をま青き藺《ゐ》むしろに〕**　初稿は「土性調査慰労宴」と題する長い詩。改稿を重ねるにつれて短くなり、宴席の歌妓に焦点がしぼられる。

三三五　**＊〔血のいろにゆがめる月は〕**　初題は「岩手病院」。初恋詩篇の一。

三三七　**＊母**　この詩は、「女性岩手」第四号（昭和七年十一月）に発表された。

三三八　**＊岩手公園**　下書稿㈠ではまだタピング一家は登場せず、「誰にもあらぬ人を恋ふ」少年の独白体であった。

＊タピング　ヘンリー・タピング Henry Tapping （1857－1942）盛岡浸礼教会牧師。盛

岡中学で賢治はこの牧師に英語を習い、また教会へバイブル講義を聴きに行った。

三三九 **＊Gossan** いわゆる「焼け」——鉱床の露頭が風化その他の分解作用を受けたもので、酸化物または水酸化物を多量に含む。

三四〇 **＊わが索《もと》むるはまことのことば／雨の中なる真言なり** この二行の原形はすでに「冬のスケッチ」の中にあったもの。

＊箱《はこ》ヶと毒《ドグ》ヶ森、椀《わん》コ、南昌《なんしやう》、東根 ここに列挙された山々は、盛岡から花巻へ向かう列車の車窓から西方に、次々に南へ連なるさまが眺《なが》められる。箱ヶ森八六六m、毒ヶ森七八二m、南昌山八四八m、東根山九二八m。

＊岩頸《ネック》 火成岩塊が、周囲が浸食されたため山として地上に頸《くび》を出しているもの。楢《なら》ノ木大学士による愉快な成因論講義を聴くこと（童話「楢ノ木大学士の野宿」）。

三四一 **＊芝雀《しじやく》** 歌舞伎《かぶき》俳優、中村雀右衛門三世（一八七五—一九二七）の、襲名前の名。女形専門で人気が出た。

＊〔鶯宿《あうしゆく》はこの月の夜を雪ふるらし〕 初題は「橋場線七つ森下を過ぐ」。

三四二 **＊鶯宿** 雫石《しずくいし》盆地西南部の温泉町。

＊巨豚ヨークシャ イギリス・ヨークシャイヤ産の豚の品種名。童話「フランドン農学校の豚」参照。

三四三 **＊嘉菟治《かとぢ》** 藤原嘉藤治。〔↓一三七頁注〕

三四六 **＊ぬなは** じゅんさいのこと。〔↓九一頁注〕

三四七　**＊八戸《はちのへ》**　青森県八戸市。賢治はここへ一九二六年八月頃、妹シゲとその子ども、妹クニを伴って小旅行をしている。このときの取材であろう。

三五五　**＊雪峡《せつけふ》**　この詩の下書稿㈠「口碑」は少年の吹雪遭難譚である。

三五六　**＊この館《やかた》**　当時上野にあった国柱会館。

三五七　**＊大居士《だいこじ》**　国柱会の創設者田中智学（一八六一―一九三九）。

　　　　＊智応氏　山川智応。国柱会幹部。『和訳法華経《ほけきょう》』（一九一二）を著している。

三五八　**＊アナロナビクナビ**　法華経陀羅尼品《だらにほん》第二十六の中で、毗沙門天《びしゃもんてん》が衆生をあわれみ説法者を護るために唱えた陀羅尼呪《じゅ》「阿《あ》犂《り》那《な》犂《り》兎《と》那《な》犂《り》阿《あ》那《な》盧《ろ》那《な》履《び》拘《く》那《な》履《び》」から。

　　　　＊毘沙門《びしゃもん》像　賢治の詩や童話に出てくる毘沙門像の多くは、和賀郡東和町成島にある重文、兜跋《とばつ》毘沙門天像をモデル、ないしはイメージ源としている。

三五九　**＊敗れし少年の歌へる**　「暁穹《げうきゆう》への嫉妬《しつと》」（二〇二頁に収録）を文語詩化した作品。

三六〇　**＊ロダイト**　Rodite. 古銅石、橄欖石《かんらんせき》、及び少量の灰曹長石等からなる隕《いん》石。

「三原三部」より

三六七　**＊アクチノライト**　Actinolite. 陽起石。角閃石《かくせんせき》の一種。光線を意味するギリシャ語 Actis, Actinos から。放射状集合体をなすため。

三六八　**＊巨《おほ》きな花の蕾《つぼみ》**　「〔丁丁丁丁丁〕」終行の繰返し。

補遺詩篇　より

三八三　**＊〔雨ニモマケズ〕**　のち「雨ニモマケズ手帳」と称されることになった手帳の五一―五九頁に書きつけられた無題の詩あるいはメモ。上方欄外に 11.3. と日付が記されている。一九三一年十一月三日である。

三八五　**＊ヒデリ**　原文は「ヒドリ」。死後最初の公表時から「ヒデリ」と校訂されてきた。詩「毘沙門天の宝庫」草稿に、「旱魃」という語の自筆ルビが、まず「ひど」まで書いてすぐ「ど」を「で」に直し、「り」を加えて「ひでり」としているなどの例から、賢治には「ヒデリ」を「ヒドリ」と書いてしまいかねないくせがあったことが立証されており、「ヒデリ」への校訂は正しかったと考えられる。

三八八　**＊Donald Caird……highland**　ウォルター・スコット Walter Scott（1771―1832）の長詩の一節。

三九〇　**＊ヨハンネス**　「蒼い衣のヨハネ」の項を参照。〔↓二三九頁注〕

歌曲　より

四〇二　**＊鳥はねぐらにかへれども／ひとはかへらぬ修羅の旅**　「大菩薩峠」の有名な作中歌「間《あい》

の山節」の《鳥は古巣へ帰れども／行きて帰らぬ死出の旅》を踏まえている。

天沢退二郎

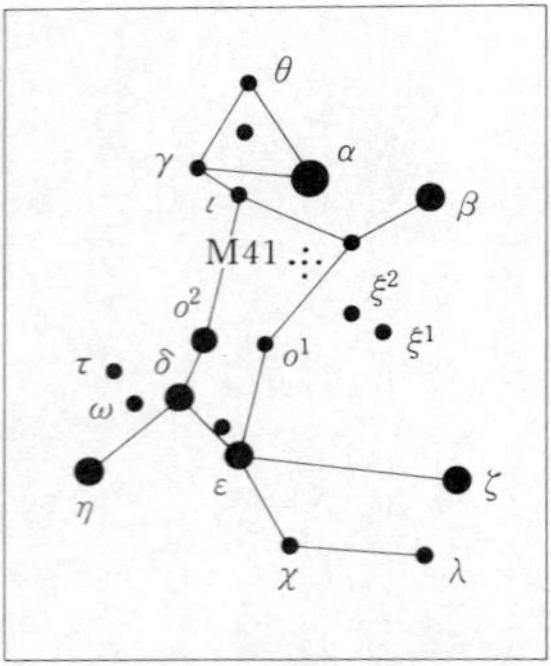

おおいぬ座

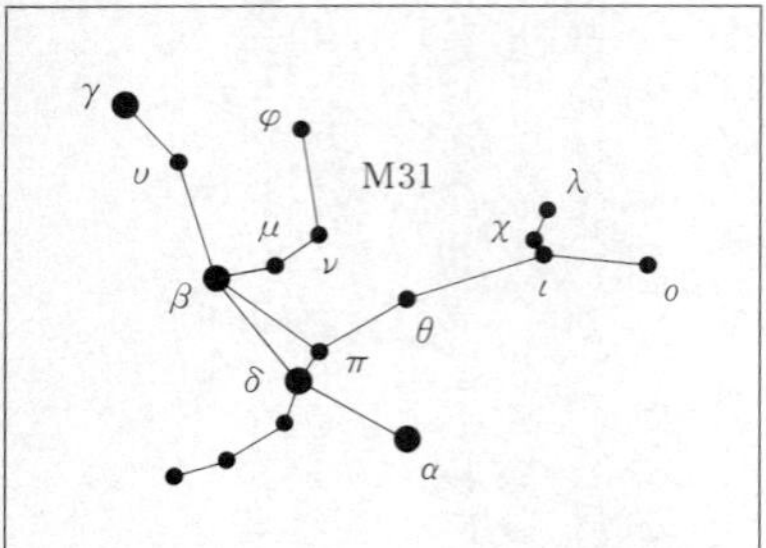

アンドロメダ座

出典：「天文・宇宙の辞典」（恒星社厚生閣）

解説

天沢退二郎

宮沢賢治は生前ほとんど無名の存在であった——とよく書き出される。これは、間違いではないけれども、やはり、真《ま》に受けすぎない方がよい。一九二四年四月、賢治が東京の書店を発売元として自費出版した『心象スケッチ　春と修羅《しゅら》』という詩集の出現は、まことに颯爽《さっそう》とした一陣の風のように、気圏日本を吹き渡り、ひとりならず、二人ならぬ人々がその風の特質を肌《はだ》に感じ、記憶にとどめた。辻潤《つじじゅん》は読売新聞の連載コラムでこの詩集を二回にわたってとりあげ、「原体剣舞連《はらたいけんばひれん》」の一部を引用して「原始林の香《にほ》ひがプン〳〵する。」と云《い》い、「若《も》しこの夏アルプスへでも出かけるなら私は『ツァラトゥストラ』を忘れても『春と修羅』を携へることを必ず忘れはしないだらう」と賞揚した。また当時詩壇の公器的存在だった「日本詩人」誌の「十三年度の詩集」という展望記事で佐藤惣之助《そうのすけ》は『春と修羅』を特にとりあげ、「この詩集はいちばん僕を驚かした。(……)奇犀《きさい》、冷徹、その類を見ない」と激賞した。また、このような文は公表しなかったが、中原中也《ちゅうや》や富永太郎が『春と修羅』に注目してノートしたり論じ合ったりしたことは知られているし、当時新鋭詩人だった伊藤整《せい》が後に自伝的小説で賢治にふれている箇所を読めば、賢治の作品と存在が全国各地でひそかに畏敬《いけい》の念をもって望見されていたことがわかる。

以上のことから、次の二つのことが引き出されよう。第一に、賢治の詩は決して、とことん無視されたり孤絶したりしていたのではなくて、一九二〇年代の日本および世界の詩の潮流の中の、鋭敏な感応体であったということ。第二に、賢治の詩が、新鮮な驚異として、受けとめられたということ。そして、私が本解説をこのように書き出したのは、この二つの特質が、一九九〇年代の今日なお、生き続けているからである。私が初めて賢治詩の新鮮な驚異に接したのは、一九五〇年、岩波文庫版の賢治詩集によってである。その後の文献的研究と、数度にわたる新全集の刊行によって、賢治詩のテクストは全く新たな相貌《そうぼう》をみせてきている。この新潮文庫版新編詩集によって、とりわけ若い諸君が賢治詩にふれることになるのを、編者として願わずにいられないが、それら新しい読者にとっても、賢治詩がつねに時代の中の鋭敏な感応体であり、新鮮な驚異であるにちがいないことは、信念をもってうけあいたいと思う。

およそ詩人や作家が自作について語った言葉は、重要な証言であり、私たちが作品を読んだり研究したりする上で、貴重な手がかりとなることは確かである。しかしまた、自作についての発言をあまり真に受けすぎるとろくなことがない、というのも真実である。作品は書かれるだけでなく、読まれることによってはじめて成立する。作者は最初の読者であるようにも見えるが、作者が自分の作品を読むことができない、というのも真実の冷厳な一側面である。

『春と修羅』の刊行後、賢治は数少い詩友のひとり森佐一あての手紙で《前に私の自費で出した『春と修羅』も、亦《また》それからあと只今《ただいま》まで書き付けてあるものも、これらはみんな到底詩ではありません》と云い、《私がこれから、何とかして完成したいと思って居ります、或る心理学的な仕事の仕度に、正統な勉強の許されない間、境遇の許す限り、機会のある度毎《ごと》に、いろいろな条件の下で書き取って置く、ほんの粗硬な心象のスケッチでしかありません》と書いたことはよく知られている。また同じ頃、岩波茂雄にあてられた書簡にも《六七年前から歴史やその論料、われわれの感ずるそのほかの空間といふやうなことについてどうもおかしな感じやうがしてたまりませんでした。(中略) わたくしはあとで勉強するときの仕度にとそれぞれの心もちをそのとほり科学的に記載して置きました。その一部分をわたくしは柄にもなく昨年の春本にしたのです》と書き、〃心象スケッチ〃と称したこの作品集が意に反して「詩集」とされたことについて、《詩といふことはわたくしも知らないわけではありませんでしたが厳密に事実のとほりに記録したものを何だかいままでのつぎはぎしたものと混ぜられたのは不満でした》と述べている。

この二通の手紙は、『春と修羅』が、心理学的な仕事の仕度のために書き取っておいたもの、心もちのその通りの科学的記載であることを強調して、それまでの「詩」という固定観念で測られることを極力警戒しているのであって、賢治が《これらはみんな到底詩ではありません》と云ったからといって、私たちがこれらを詩でないと思う必要はないし、賢治がほんとうの意味でこれらが詩でないと思っていたと考える必要もないのである。

それにしても、これら二通の手紙や、ずっと後の手紙の、《心象のスケッチといふやうなことも大へん古くさいことです》などという云い方には、いたたまれないほどもどかしい屈折がある、と、誰しも感じないだろうか？

〃心象スケッチ〃という、賢治が自作規定に用いた語は、賢治のこの詩集が最初の用例である。もちろん、〃心象〃という語はすでに賢治の目にしたと思われる書物にもいろいろ出てくるとしても、それに〝スケッチ〟という語を付加したとき、〝心象〟という語もまた、新たな規定を受けることになった。

この〝心象スケッチ〟概念については、すでに多くの研究があり所説があり、西条《さいじょう》八十《やそ》『砂金』自序の「自分の心象の完全な複本《カウンターパート》を獲たいとのみ望んでゐた」や、西《にし》田幾多郎《だきたろう》『善の研究』中の用例、元良《もとら》勇次郎『心理学概論』における「心的現象」についての考察、また同じ元良勇次郎の校閲によるジェームス著『心理学精義』の邦訳などが、恩田逸夫、栗原敦、植田敏郎、香取直一の諸氏により、〝心象スケッチ〟の典拠ないし源流として指摘されている。

典拠とか源流とかをさぐるこれまでの研究は、私たちに多くのことを教えてくれるけれども、そのような研究の基礎は、そういった書物を賢治が読んでいたことを前提とする（直接でなくても、いわゆる〝孫引き〟や、講義などによる間接的摂取も含む）。しかし、ある時代における言語的情報の交錯と成立はもっと深層的であり、多種多様、多構造的である。一九二〇年代初頭の賢治をめぐる思潮は、人間の意識の深層と世界との照応、そしてアインシュタインやマルクスによって明らかにされてきた宇宙や社会の法則の中で、人間の精神活動がいかに創造的におしすすめられるかが模索されていた。西条八十からジェームスまで、さきほど挙げられた典拠に加えて、賢治がまだ直接間接に読んだり触れたりしなかった可能性の大きい同時代の営為、ジョイスの〝意識の流れ〟や、プルーストの無意識的記憶の追求、アンドレ・ブルトンの無意志的思考の書取りとしての自動記述などが深く交差し照応しあう、一九二〇年代の思潮の渦《うず》の中で、賢治の心象スケッチの方法が誕生し、その方法によって、ここに文庫本一冊に要約されたような、豊饒《ほうじょう》にして新鮮な言語芸術の成果が私たちに手わたされたのである。

以下、こんどはもう少し具体的に、収録作品群にそって、個々の〝心象スケッチ〟の内実とその変貌を要約してみたい。

『心象スケッチ　春と修羅』より

少年時代から賢治の文学的表現の一貫した場であった短歌は、万葉集以来一千年をこえる伝統と、きびしい形式的桎梏《しっこく》、そして何よりもその音数律の魔《デモン》によって、賢治の詩精神を拘束していた。一九二一年冬前後に大半が書き止められたと思われる短詩連作「冬のスケッチ」――その試作を通じて醸成された〝作品素〟とでもいうべきものが、一九二二、一、六の日付をもつ「屈折率」以下、新鮮なすがたに変貌して私たちの前に並び出す……『春と修羅』を最初から順に読んでいくと、読むこと自体の新鮮なおどろきが私たちをとらえる。

辻潤や佐藤惣之助を最初瞠目《どうもく》させたのは、その中では比較的に普通語、語彙《ごい》の斬新《ざんしん》さだった。とりわけ、科学用語は、宗教用語、そして方言。「屈折率」という科学用語は、その中では比較的に普通で、さりげない語といえよう。しかしその意味するところはすぐれて全体的である。洗面器の底に置かれた一円玉は、斜めからは縁のかげになって見えないが、水を注いでいくと、水と空気の間の屈折率の法則に従って、あざやかに見え出す――見えぬはずのものが見え、見えているものはしかし見えているところになく、幻ではないが幻であり、実にあらずして実である……「屈折率」のなせるわざにより、七つ森のこっちの一つは水の中よりもっと明るく大きい「のに」、自分は陰気に、でこぼこの雪に難渋しなければならない。「屈折率」のこの設定は、初期散文「峯や谷は」及びその発展形「マグノリアの木」とパラレルであり、「春と修羅」の基本的な〝場〟となる。《おれはひとりの修羅なのだ》――すなわち自己の修羅性と、その自己をめぐる世界の、生命と上昇、生殖と輝きにみちた《春》を頂点とする変幻。この象徴的なタイトルは、詩篇の題名であり詩集の題名であり、さらに「第二集」「第三集」と、二度三度……詩人のいとなみの規定として繰返される。

『春と修羅』には、もう一つの焦点が現われる。「屈折率」が書かれたときにはまだ未来に属しながら、「恋と病熱」の《透明薔薇《ばら》》というメタフォルがすでに不吉にも予告していたように、妹トシの死が詩人を襲い、訣別《けつべつ》と決意をもたらす。

こうして二つの焦点をもつにいたったいわば楕円形《だえんけい》の『春と修羅』初版本は、一九二四年四月に刊行されたが、詩人はその後も、数種の自筆手入れ本をのこした。この新潮文庫版では、「永訣の朝」のみ、その一つである宮沢家所蔵手入れ本によった。長詩「小岩井農場」は、頁《ページ》数の関係からパート三、パート四、パート七の三節を省いた。パート五、六は初版本でも本文はなく、下書稿と、その次段階の清書後手入稿のみ現存、パート八は下書も何もいっさい現存せず、かつてあったことを暗示するものすらない。また、初版本では目次で各詩篇題名下方に日付が記されているので、その形式に従った。その際、日付をくくる括弧が一重と二重と二種あるのも初版本通りである。

「春と修羅　第二集」より

「序」が書かれたことがはっきり示すように、刊行の意図された「第二集」は、前記岩波茂雄あての手紙から、謄写版で出すつもりだったこともわかるが、その謄写器具一式を労農党稗貫《ひえぬき》支部に提供してしまったためか、おそらく他の要因もあって、ついに生前日の目を見ることはなかった。

これらの詩稿を収めていた黒クロース表紙の、「春と修羅第二集／大正十三年／大正十四年」というおもて書きと、「序」の《農学校につとめて居《を》りました四年のうちの／終りの二年の手記から集めた》というくだりから、この「第二集」収録作品の大《おお》枠《わく》はわかるけれども、これらを賢治が全部収録するつもりだったとは思われず、「序」を書いた時点で、各詩篇（下書稿㈠、下書稿㈡……と晩年まで推敲《すいこう》・改稿・改作が重ねられた）の、どの段階のを入れるつもりだったかも不明である。「第二集」、「第三集」とも、テクストはそうした特質をもち、それぞれの最終形態が本文になっていることを留意しなければならない（だから、ここにある一九二四年の日付のある本文は、一九二八年の日付のある「第三集」のある詩の本文より後に書かれた、ということだっていくらもありうる）。そのことに留意した上で、日付順にこれらの詩を読むことにより、私たちが一つの流れをつかむことは、意味のないことではない。

各詩篇の日付は、『春と修羅』（第一集）にならって、目次に掲げた。（もし生前に「第二集」が刊行できたら、賢治はきっとそうしただろう。作品番号も本文には出さず、目次だけに記したかもしれないが、これは作品のめじるしとして本文題名上方に掲げることにした）

目次で日付を検《しら》べて、本文と照合すれば、「第二集」ではいくつかの同日付ないし連続日付により、連作群が形成され、とくに「五輪峠」詩群（一九二四、三、二四前後）、「外山詩群」（池上雄三氏による命名・研究がある。一九二四、四、二〇前後）、「業《ごふ》の花びら」詩群（一九二四、一〇、五）、「旅程幻想」詩群（一九二五、一、五～一、八）などが重要である。「五輪峠」では、〃地水火風空〃の五大すなわちインドの原子論から、物質世界の究極相と人間の意識のかかわりが追求されるし、「外山詩群」や「業の花びら」では、〃夜歩き〃という賢治にとって重要な詩的行為を通じて、エロスと創作の悩みがつきつめられ昇華をとげる。「旅程幻想」詩群では荒涼とした土地と人間の不幸の中で、土地の精霊としての詩人の彷徨《ほうこう》が定着され、息づまるような緊張と放心の交錯が記録されるのである。

「春と修羅　第三集」より

やはり生前未刊に終った詩集。黒クロース表紙おもて書きに「自　大正十五年四月／至　昭和三年七月」とある。目次をごらんいただくと、「第二集」で作品番号と日付が必ずしも並行せず、作品番号のプリンシプルが不明なのに対して、「第三集」は番号順と日付順が明快に一致していることがわかる。これは、「第三集」が一種の安定を獲得していることを示すといってていいだろう。

実生活との対応でいえば、「七〇九　春」にみられるように賢治が花巻農学校教諭の職を辞して、下根子《しもねこ》桜の宮沢家別宅に独居自炊の生活に入ってからの日々から、これらの詩篇が生み出されたことになる。作品に則《そく》していえば、詩人の目はぐっと地面に近いところまで引き下げられ、そのために、第二集とくらべて、世界の異相が明らかにされはじめたともいえる。詩人自らえらんだ視座とはいいながら、「煙」や「白菜畑」「悪意」などには、新しい憤《いきどお》りや愁《うれ》いが詩人の魂を侵していることを私たちに知らせている。

「〔あすこの田はねえ〕」「野の師父」「和風は河谷いっぱいに吹く」の三篇は、農民への献身者としての生き甲斐《がい》やよろこびが明るくうたいあげられているように見える。しかし、「野の師父」はさらなる改稿を受けるにつれて、茫然《ぼうぜん》とした空虚な表情へとうつろいを見せ、「和風は……」の下書稿はまだ七月の、台風襲来以前の段階で発想されており、最終形と同日付の「〔もうはたらくな〕」は、ごらんの通り、失意の底の暗い怒りの詩である。これら、一見リアルな、生活体験に発想したとみえる詩篇もまた、単純な実生活還元をゆるさない、屹立《きつりつ》した〝心象スケッチ〟であることがわかる。

詩ノート　より

便宜的に「詩ノート」と名づけられ保存されたこれらの詩は、番号・日付からわかるように、「第三集」の先駆形をある段階で整理・筆録されたものだが、それらは「第三集」の詩稿用紙に書き写される際に大きくかたちを変えたものや、書き写されずにここに留め置かれたものが少くない。「基督再臨《キリスト》」のようにキリスト教との関連の深いもの、「〔わたくしどもは〕」のように物語性・虚構性の強いものが主として捨てられたようである。

「生徒諸君に寄せる」は全体として未整理で、もしさらに推敲されたとしたら順番の入れかわりもありえたと思われる八つの断章というかたちで、「詩ノート」の末尾に書きこまれている。

なお、五つめの断章の冒頭二行、校本全集（四五二頁参照）第六巻で

　サキノハカといふ黒い花といっしょに
　革命がやがてやって来る

となっているのは、「一〇五六〔サキノハカといふ黒い花といっしょに〕」の草稿状態を比較参照した上での校訂である（この校訂は同巻校訂一覧および校異欄に明記されている）。この校訂は根拠あるものであり、異を立てる必要はないのだが、草稿原形

に注意を喚起したい意味も含めて、今回は校訂せず草稿通りに戻した。

詩稿補遺　より

「第二集」「第三集」と同じように主として詩稿用紙に書かれながら、作品番号・日付のない作品群を校本全集以来「詩稿補遺」として一括している（旧全集での「春と修羅　第四集」というタイトルは、賢治自身のつけたものではない）。逆にいうと、番号・日付による位置付けから解放された作品とみて味わうこともできよう。「境内」は、校本・新修両全集とも「〔みんな食事もすんだらしく〕」として本文に収められている作品の下書稿。後半の「そのまっくらな巨《おほ》きなものを」以下は、旧全集では独立した断片稿として本文に採られ、しばしば論考の対象となってきたものである。校本全集編纂《へんさん》時の草稿研究の結果、ここに正しく位置づけられた。

「疾中《しっちゅう》」より

賢治自ら「疾中」と命名して、黒クロースの表紙にはさんで保存していた作品群。おもて書き（ラベル）には「一九二八年八月―一九三〇年」とある。病臥《びょうが》中の、ときに極限状態から、しかし冷徹な精神と言葉により記述された作品として、私たちにつねに衝撃を与えてきた。また、この作品群の半ばちかくが文語で書かれており、年代的にも、ほぼここに賢治の文語詩制作のはじまりを見て大きな間違いはない。文語表現のもつ強靱《きょうじん》さが、〝病中手記〟を支える骨格の役割を荷《にな》っている。

なお、「〔丁丁丁丁丁〕」の、まさしく斧《おの》で叩《たた》きつけるような「丁丁……」というおどろくべき叫びの定着の文字は、草稿を見ると「叩きつけられてゐる」以下がまず書かれたあと、その下辺に別の黒く太い筆記具で文字通り叩きつけるように加筆されている。この草稿状態は、本篇を読む上に示唆《しさ》的であると思う。

「文語詩稿」より

宮沢賢治に先立ち、大正初年に詩集『月に吠《ほ》える』『青猫』で口語自由詩を確立した萩原朔太郎《はぎわらさくたろう》が、晩年の詩集『氷島』で文語詩に〝回帰〟したことは、賛否を伴いつつよく論じられるところである。『月に吠える』に衝撃と影響を受けつつ口語自由詩形を展開してきた賢治もまた、晩年、時代的には朔太郎とほぼ同時期に、文語詩を多作した。両者の間には何らか、並行関係《パラレリスム》が存在するであろうか？

ただし『氷島』がむしろ文語自由詩であるのに対して、賢治の文語詩はその大部分が音数律と行数・聯《れん》を整えた定形詩である。何よりも、詩と童話を通じての韻律の研究が、これらの文語詩に結実している点に特質がある。

おそらく一九三〇年に、賢治は「文語詩篇」なるノートをつくった。これは一九〇九年からはじまる自筆年譜メモと見えるものだが、その目的は年譜を作ることではなく、文語詩の素材を年代順に整理した創作メモ帳である。一九三〇年代、死の年にいたるまで賢治は、このノートの他、歌稿や「冬のスケッチ」などの短歌・短章、さらには口語詩の若干をいわば土台として、これに手を入れあるいは書き下すことによって文語詩の制作に没頭、一九三三年夏には特注の定稿用紙（赤罫上質）を作らせて、これに「文語詩稿五十篇」「文語詩稿一百篇」を清書し、「なっても駄目でもこれがあるもや」と弟妹に述懐したという。

これらの文語詩もそれぞれ各次稿があり、推敲・改稿・改作の度合いも、多少の差こそあれ口語詩におとらず輻輳《ふくそう》しているが、改稿につれて短くなっていく場合が多く、省略や切り捨て・切り詰め、あるいは隠蔽《いんぺい》など、いずれにせよ、その過程にはやはり驚きや謎《なぞ》が待ち受けている。決して、たんなる晩年の「手すさび」（中村稔）とは思われない。清書以前の「未定稿」中にも、「田園迷信」（およびそのさらに下書稿「〔九百二十六年の〕」）のような、オニリックな異色作がある。

「三原三部」より

日付が示すように、一九二八年六月、大島に伊藤七雄・チヱ兄妹を訪問したときの旅を素材にしているが、紀行詩であるよりも、第一部終行の「巨《おほ》きな花の蕾《つぼみ》」、第三部終行の「猩々緋」を両極とする、はげしい情念の象徴詩というべきであろう。

「東京」より

右の大島旅行の際の、東京滞在時に発想した連作長詩群で、中でもここに収めた「浮世絵展覧会印象」は、空白の残る未定稿ながら、展覧会場を歩む独特のリズムで措辞《そじ》や暗喩《あんゆ》にも趣向をこらした、大胆な作品といえよう。

補遺詩篇　より

賢治が山野を跋渉《ばっしょう》しながら詩の第一稿をスケッチしたという手帳の多くは失われたが、それでも昭和に入ってから使用した十数冊が残されていて、その中には、走り書きされたまま後に展開をみることのなかった貴重な詩篇や断片がたくさんある。中で、一九三一年十一月三日に記された「雨ニモマケズ」ではじまるものは有名で、その評価も、谷川徹三による最高の讃辞《さんじ》から中村稔の〝ふと書き落した過失〟説までさまざまだが、一見酷評と見える中村説の方が、この詩というよりひそかな祈りに似た作品にこめられた深い断念に、より迫るもののように思われる。

歌曲　より

賢治の音楽的感性のゆたかさは、詩の韻律や散文の律動的文体にも明らかだが、いくつかの歌曲にもそのユニークな資質が生きている。「精神歌」は花巻農学校で今も歌い継がれ、「星めぐりの歌」は童話「双子の星」の挿入歌であるとともに「銀河鉄道の夜」のかげの主題歌である。「牧歌」は賢治が花巻農学校の教え子を指導して上演した方言劇の挿入歌。「大菩薩峠《だいぼさつとうげ》の歌」は中里介山《なかざとかいざん》の小説「大菩薩峠」への深い共感を読むべきであろう。(なお「精神歌」の楽譜は4/4拍子のものと6/8拍子のものと二種採譜されているが、賢治が生徒たちに教えたという後者を掲載した)

【テクストについて】賢治詩のテクストは、没後の文圃堂版、十字屋版、筑摩書房昭和三十一年版、筑摩昭和四十一年版の諸全集(注解・解説中では「旧全集」と略記)で、『春と修羅』初版本に自筆手入れ本の手入れを取捨し、他は自筆草稿の各次形や生前発表形をときに混《まじ》えて、変転を重ねながら〃よりよい本文〟を求めて却《かえ》っていわゆる混合本文、合成本文が作られてきた。しかし『校本 宮澤賢治全集』（筑摩書房、一九七三―七七、「校本全集」と略記）で『春と修羅』は初版本を底本とし、他の諸詩篇についても草稿にたち戻ってあらためて本文が決定され、各次下書稿の初形、推敲、最終形態の推移が明らかになり、『新修 宮澤賢治全集』（筑摩書房、一九七九―八〇、「新修全集」と略記）はこれをさらに一般読者にも読みやすいかたちに整えたのである。この新編新潮文庫版テクストは、右の新修全集を底本とし、「永訣の朝」「境内」「生徒諸君に寄せる」の三篇のみ、すでに解説中で説明したように、底本と異なる本文を採ったことを、あらためてお断りしておく。

（一九九一年六月、詩人）

本書は『新修　宮沢賢治全集』（筑摩書房刊）を底本とした。

宮沢賢治著

新編 風の又三郎

谷川に臨む小学校に突然やってきた不思議な転校生――少年たちの感情をいきいきと描く表題作等、小動物や子供が活躍する童話16編。

宮沢賢治著

新編 銀河鉄道の夜

貧しい少年ジョバンニが銀河鉄道で美しく哀しい夜空の旅をする表題作等、童話13編戯曲1編。絢爛で多彩な作品世界を味わえる一冊。

宮沢賢治著

注文の多い料理店

生前唯一の童話集『注文の多い料理店』全編を中心に土の香り豊かな童話19編を収録。イーハトヴの住人たちとまとめて出会える一巻。

宮沢賢治著

ポラーノの広場

つめくさのあかりを辿って訪ねた伝説の広場をめぐる顛末を描く表題作、ブルカニロ博士が登場する「銀河鉄道の夜」第三次稿など17編。

柳田国男著

日本の伝説

かつては生活の一部でさえありながら今は語り伝える人も少なくなった伝説を、全国から採集し、美しい文章で世に伝える先駆的名著。

柳田国男著

日本の昔話

「藁しべ長者」「聴耳頭巾」――私たちを育んできた昔話の数々を、民俗学の先達が各地から採集して美しい日本語で後世に残した名著。

中原中也詩集
吉田凞生編

生と死のあわいを漂いながら、失われて二度とかえらぬものへの想いをうたいつづけた中也。甘美で哀切な詩情が胸をうつ。

萩原朔太郎詩集
河上徹太郎編

孤独と焦燥に悩む青春の心象風景を写し出した第一詩集「月に吠える」をはじめ、孤高の象徴派詩人の代表的詩集から厳選された名編。

三好達治詩集
河盛好蔵編

青春の日の悲しい憧憬と、深い孤独感をたたえた処女詩集「測量船」をはじめ、澄みきった知性で漂泊の風景を捉えた達治の詩の集大成。

武者小路実篤詩集
亀井勝一郎編

平明な言葉、素朴な響きのうちに深い人生の知恵がこめられ、〝無心〟へのあこがれを東洋風のおおらかな表現で謳い上げた代表詩117編。

室生犀星詩集
福永武彦編

幸薄い生い立ちのなかで詩に託した赤裸々な告白——精選された187編からほとばしる抒情は詩を愛する人の心に静かに沁み入るだろう。

一握の砂・悲しき玩具
—石川啄木歌集—
石川啄木著

処女歌集「一握の砂」と第二歌集「悲しき玩具」。貧困と孤独の中で文学への情熱を失わず、歌壇に新風を吹きこんだ啄木の代表作。

三浦哲郎著
忍ぶ川
芥川賞受賞作

貧窮の中に結ばれた夫婦の愛を高らかにうたって芥川賞受賞の表題作ほか「初夜」「帰郷」「団欒」「恥の譜」「幻燈画集」「驢馬」を収める。

三浦哲郎著
ユタとふしぎな仲間たち

都会育ちの少年が郷里で出会ったふしぎな座敷わらし達——。みちのくの風土と歴史への思いが詩的名文に実った心温まるメルヘン。

水上勉著
土を喰う日々

京都の禅寺で小僧をしていた頃に習いおぼえた精進料理の数々を、著者自ら包丁を持ち、つくってみせた異色のクッキング・ブック。

水上勉著
雁の寺・越前竹人形
直木賞受賞

少年僧の孤独と凄惨な情念のたぎりを描いて、直木賞に輝く「雁の寺」、哀しみを全身に秘めた独特の女性像をうちたてた「越前竹人形」。

水上勉著
櫻守

桜を守り、桜を育てることに情熱を傾けつくした一庭師の真情を、滅びゆく自然への哀惜の念と共に描いた表題作と「凩」を収録する。

水上勉著
ブンナよ、木からおりてこい

椎の木のてっぺんに登ったトノサマがえるのブンナは、恐ろしい事件や世の中の不思議に出会った……。母と子へ贈る水上童話の世界。

井伏鱒二著
山《さん》椒《しょう》魚《うお》

大きくなりすぎて岩屋の棲家から永久に外へ出られなくなった山椒魚の狼狽をユーモア漂う筆で描く処女作「山椒魚」など初期作品12編。

井伏鱒二著
黒い雨
野間文芸賞受賞

一瞬の閃光に街は焼けくずれ、放射能の雨の中を人々はさまよい歩く……罪なき広島市民が負った原爆の悲劇の実相を精緻に描く名作。

井伏鱒二著
荻窪風土記

時世の大きなうねりの中に、荻窪の風土と市井の変遷を捉え、土地っ子や文学仲間との交遊を綴る。半生の思いをこめた自伝的長編。

太宰治著
晩年

妻の裏切りを知らされ、共産主義運動から脱落し、心中から生き残った著者が、自殺を前提に遺書のつもりで書き綴った処女創作集。

太宰治著
斜陽

〝斜陽族〟という言葉を生んだ名作。没落貴族の家庭を舞台に麻薬中毒で自滅していく直治など四人の人物による滅びの交響楽を奏でる。

太宰治著
津軽

著者が故郷の津軽を旅行したときに生れた本書は、旧家に生れた宿命を背負う自分の姿を凝視し、あるいは懐しく回想する異色の一巻。

新潮文庫の新刊

今野敏著
審議官
—隠蔽捜査9.5—
県警本部長、捜査一課長。大森署に残された署員たち。そして竜崎の妻、娘と息子。彼らだけが知る竜崎とは。絶品スピン・オフ短篇集。

白石一文著
ファウンテンブルーの魔人たち
大学生の恋人、連続不審死、白い幽霊、AIロボット……超高層マンションに隠された秘密とは？　超弩級エンターテイメント開幕！

櫛木理宇著
悲鳴
誘拐から11年後、生還した少女を迎えたのは心ない差別と「自分」の白骨死体だった。真実が人々の罪をあぶり出す衝撃のミステリ。

仁志耕一郎著
闇抜け
—密命船侍始末—
俺たちは捨て駒なのか——。下級藩士たちに下された〈抜け荷〉の密命。決死行の果て、男たちが選んだ道とは。傑作時代小説！

堀江敏幸著
定形外郵便
芸術に触れ、文学に出会い、わたしたちは旅をする——。日常にふいに現れる唐突な美。過去へ、未来へ、想いを馳せる名エッセイ集。

阿刀田高著
小説作法の奥義
物語が躍動する登場人物命名法、書き出しとタイトルのパターンとコツなど、文筆生活六十余年「小説界の鉄人」が全手の内を明かす。

新潮文庫の新刊

E・レナード
高見浩訳
ビッグ・バウンス

湖畔のリゾート地。農園主の愛人と出会ったことからジャックの運命は狂い始める――。現代ノワールにはじめて挑んだ記念碑的名作。

M・コリータ
越前敏弥訳
穢れなき者へ

父殺しの男と少年、そして謎めいた娘。三人の出会いが惨殺事件の真相を解き明かす……。感涙待ちうける極上のミステリー・ドラマ。

紺野天龍著
幽世《かくりよ》の薬剤師
鬼の花婿

目覚めるとそこは、鬼の国。そして、薬師《くすし》・空洞淵霧瑚《うろぶちきりこ》は鬼の王女・紅葉《もみじ》と結婚することに。これは巫女・綺翠《きすい》への裏切りか――？

河野裕著
さよならの言い方なんて知らない。10

架見崎の命運を賭けた死闘の行方は？ 勝つのは香屋か、トーマか。あるいは……。繰り返す「八月」の勝者が遂に決まる。第一部完。

大神晃著
蜘蛛屋敷の殺人

飛騨の山奥、女工の怨恨積もる〝蜘蛛屋敷〟。女当主の密室殺人事件の謎に二人の名探偵が挑む。超絶推理が辿り着く哀しき真実とは。

三川みり著
龍ノ国幻想8
呱呱《ここ》の声

龍《たつ》ノ原《はら》を守るため約定締結まで一歩、皇尊《すめらみこと》の懐妊が判明。愛の証となる命に、龍は怒るのか守るのか――。男女逆転宮廷絵巻第八幕！

新編　宮《みや》沢《ざわ》賢《けん》治《じ》詩《し》集《しゅう》

新潮文庫　み－2－7

平成　三　年七月三十日　発　　行
平成二十三年四月三十日　四十一刷改版
令和　七　年八月三十日　五十六刷

編　者　天《あま》沢《ざわ》退《たい》二《じ》郎《ろう》

発行者　佐藤隆信

発行所　株式会社 新潮社

郵便番号　一六二―八七一一
東京都新宿区矢来町七一
電話　編集部(〇三)三二六六―五四四〇
　　　読者係(〇三)三二六六―五一一一
https://www.shinchosha.co.jp

価格はカバーに表示してあります。

乱丁・落丁本は、ご面倒ですが小社読者係宛ご送付ください。送料小社負担にてお取替えいたします。

印刷・錦明印刷株式会社　製本・加藤製本株式会社

ISBN978-4-10-109207-2 C0192